公元787年，唐封疆大吏马总集诸子精华，编著成《意林》一书6卷，流传至今
意林：始于公元787年，距今1200余年

一则故事　改变一生

《意林·少年版》编辑部

天使奥斯卡　月　关　周行文◎著

湖南少年儿童出版社

图书在版编目（CIP）数据

锦衣少年行.5,决战前夜 / 天使奥斯卡, 月关, 周行文著. —长沙：湖南少年儿童出版社, 2018.8
ISBN 978-7-5562-3610-7

Ⅰ.①锦… Ⅱ.①天… ②月… ③周… Ⅲ.①长篇小说 – 中国 – 当代 Ⅳ.①I247.5

中国版本图书馆CIP数据核字(2017)第316642号

锦衣少年行5·决战前夜

JINYI SHAONIAN XING 5 · JUEZHAN QIANYE

总策划： 顾 平 宋春华		**执行编辑：** 朱晓婷	
出 品 人： 杜普洲		**封面绘图：** JING	
图书策划： 宋春华 张朝伟		**设计总监：** 资 源	
质量总监： 阳 梅		**封面设计：** 资 源	
责任编辑： 向艳艳		**美术编辑：** 张 龙 张 迪	
统筹编辑： 于丽丽		**发行总监：** 王俊杰	

出版人： 胡 坚
出版发行： 湖南少年儿童出版社
社址： 湖南省长沙市晚报大道89号　　**邮编：** 410016
电话： 0731-82196340（销售部）　　82196313（总编室）
传真： 0731-82199308（销售部）　　82196330（综合管理部）
常年法律顾问： 北京市长安律师事务所长沙分所　张晓军律师

印刷： 北京嘉业印刷厂
印张： 13
开本： 700 mm×1000 mm 1/16
字数： 150千字
版次： 2018年8月第1版
印次： 2018年8月第1次印刷
书号： ISBN 978-7-5562-3610-7
定价： 26.80元

版权所有 翻印必究
（如发现印装质量问题，请与承印厂联系退换）

主要人物介绍

易平安：

　　十余岁的少年，前代锦衣卫易水寒之子。自幼寄养于亲戚家中，缺乏家人照顾，早早混迹市井。起初对锦衣卫并无好感，胸无大志只求平安混日，但历经多次考验后认识到锦衣卫的意义，最终决心为国背负使命。

骆剑峰：

　　十余岁的少年，前代锦衣卫骆如虎之子。冲动好胜，心高气傲，因而经常和易平安发生矛盾。两人在行事作风上分歧更大，但随着真相逐渐显露，骆剑峰最终认识到自己的错误，承担起锦衣卫的重任。

苏幼真：

　　十余岁的少女，济州岛人士，成熟稳重、仗义热血，其父为忠武军第一任主将，在一次与倭寇的战斗中不幸殉国。

星如雨：

　　十余岁的少女，女卫营首领，掌印太监内厂关公公之养女。活泼开朗，刁蛮好强，和易平安是一对欢喜冤家。

洪采薇：

　　十余岁的少女，羽少营教官，指挥使洪天罡的孙女。自信果敢，武功高强，只认同有能力的人。

第一章　恶人设伏名护屋　1

第二章　天守阁之打头目　9

第三章　逼洪天罡无生路　27

第四章　锦衣少年图大业　43

第五章　驱舟欲战取功勋　65

第六章　力尾崎暴露行踪　79

第七章　秘密情报为何物　107

第八章　施小术引蛇出洞　　121

第九章　成功出逃福江岛　　129

第十章　锦衣卫全军覆没　　145

第十一章　济州岛喜逢故旧　　159

第十二章　养心殿一番私语　　171

第十三章　顽童脾气惜相怜　　177

第十四章　一番私语道玄机　　189

前情回顾

在烽火台上，成俊麒惨死。事后，易平安悲愤于成俊麒的死，与骆剑峰发生激烈冲突。骆剑峰述说当时的危急，大我小我。易平安却陈述事实，说他贪功，不然本有机会救出成俊麒并完成点燃烽火台的使命。兄弟二人反目。

在成俊麒的坟前，易平安表示要替兄弟完成遗愿——成为飞鹰。而骆剑峰也因成俊麒的死饱受非议，羽少营里一大半人都对他侧目而视。然而，就在这时，骆剑峰一直敬仰的方从云大人却对他大加褒奖，并让他提前出羽少营，许诺举荐他成为锦衣飞鹰。骆剑峰欣喜万分，没做任何停留就跟方从云走了。不久，他在朝鲜一战成名，成了名动京城的少年英杰！

而在这期间，易平安带领羽少营众学员，破获了一起惊天案件，得到了皇帝的嘉奖。

数日后，骆剑峰返回顺安卫，参与飞鹰考试，与易平安各带一组，形成竞争之势。这一次，骆剑峰再次成了牺牲全组人、成全自己的飞鹰；易平安却克服重重困难，带领全组通过考核，成了备受拥戴的锦衣飞鹰。

第一章 恶人设伏名护屋

这几个人都穿着颇为陈旧的衣服,一看就知道困顿已久,只有腰间的武士刀还算是精心装饰。

时间将要进入夏季。

漫天樱花已经散尽。

自然也没人顶着一天天热起来的日头，在中午时分的街道上游荡。就在这时候，几个风尘仆仆的旅人走进了这条空旷偏僻的街道。

这几个人都穿着颇为陈旧的衣服，一看就知道困顿已久，只有腰间的武士刀还算是精心装饰。

他们扶着头上的斗笠，仰头望向远处，不约而同发出了一声惊叹。

"真是名不虚传的巨城啊……"为首的中年人喃喃自语，"一定可以找到机会的！"

他身后其余十二人纷纷点头。

于是一行人加快了步伐，以更加振奋的脚步向着远处山上那座城池走去。

坐在街边纳凉的米店老板五郎助把这些人的话听在耳中，忍不住撇嘴露出一丝嘲讽的笑容——又是一群土包子！

建在远处的那座雄壮无比的城池，乃是太阁大人为征伐朝鲜，集合了整个九州的大名，以十万民夫之力建起的雄城！

那些有见识的武士老爷都说，这座名护屋城就算放到全日本，也仅仅次于太阁大人的居城大阪城，名列日本第二大城！

在过去的几年里，这座城作为出征朝鲜的总根据地，运输了数十万大军往返。

那可真是一段坐着数钱的日子啊！

武士大爷们要吃要喝要玩，每天的消耗都庞大无比，为此军营外立起了数不清的店铺茶屋，五郎助为此也是狠狠发了一笔财。

可惜好时光总是短暂的。

随着日本和明国的议和，军士们陆续散去，原本亲自在此坐镇的太阁大人也因为公子诞生赶回京都去了，名护屋城逐渐变得冷清寂寥，五郎助已经在考虑关掉这边的店铺了。

幸好！不知道高层的大人物们改了什么主意，最近又开始有大批士兵来到此处，现在已经聚集至少三万人，眼见得生意又好了起来。

而像刚才那样，或单枪匹马，或三五成群，这两个月跑过来碰运气的土包子浪人也是屡见不鲜了。一个个都是自命不凡，心比天高，好像只要见到名护屋城里的老爷，就能马上领个一万石俸禄似的！

现在代替太阁大人坐镇名护屋城的，是天下有名的大将小早川大人，此人身经百战，什么人物没见过？这世上哪有那么多一步登天的好事，你们这些浪人，要真有点儿本事还能混成现在这样？

全然不顾自己连出仕机会都没有，五郎助就坐在那边想象几个浪人被拒之门外、狼狈离开的情景，只觉得一阵幸灾乐祸：什么武士老爷，没有主家的话，混得还不如我们呢！

就在此时，他又看到一群人急匆匆从街道外面走进来，这下五郎助不敢造次了，忙不迭地跳起来躲进店铺。

这次来的可不是浪人，而是维持名护屋城治安的大名之一加藤清正大人的部下！

只是不知道为什么，这群武士看上去神情异常紧张，十多个人就这么脚下生风地跑了过去。还没等五郎助喘口气，后面又走过来一队全副武装的士兵，同样是目不斜视，如临大敌。

"这是出了什么事？太阁大人要回来了吗？"五郎助好奇心大涨，却始终没胆子打探，只吩咐店内伙计，"今天都不要出去乱晃，冲撞到哪位老爷，你们的脑袋不够砍！"

加藤家的武士们在街道拐角处停下了脚步。

带领这支军队的是贵田孙兵卫，这位在朝鲜也经历过苦战的加藤家重臣现在神经紧绷，望向街道对面——那里同样有一支数百人的部队，站在最前面的则是熟人，黑田家的黑田利高。

看到黑田利高的严肃表情，贵田孙兵卫觉得稍微平衡了一点儿：紧张的家伙不止我一个嘛！

一个货郎慢吞吞地从拐角处走了过来，街道两边几百号人齐刷刷盯着他，让这个货郎忍不住吞了口唾沫，但还是用尽量平稳的声音道："飞鸟庵，九个人都进去了。"

贵田孙兵卫点了点头，望向对面的黑田利高，黑田利高则做了一个少安毋躁的手势。

今天的行动非同小可，必须听从统一命令。

因为主持行动的最高负责人，此时就站在名护屋城的天守阁上！

"叔父大人，已经确认无疑，共计九人，已全部进了飞鸟庵的茶室。"吉川广家低声说，"我们是不是可以开始行动了？"

"别着急，忍者的报告还没来。"他的叔父回答道，"再等等。"

"是。"吉川广家恭敬地退到一边,专心守在自己叔父身后。

太阁大人丰臣秀吉最信任的武将之一,小早川隆景就站在天守阁顶端,专注地看着城下街道。

他的身体依然站得笔直,目光严峻,面带寒气,让人只消看一眼便心生敬畏,但吉川广家望着他的背影,心中还是忍不住发出一声叹息。

和初次出征朝鲜的时候相比,叔父大人明显又老了,这远征朝鲜之行,果然太伤元气。

偏偏前段日子因为明国使节团的缘故,太阁大人又一次大动肝火,发誓要再征明国,看来重新渡海去朝鲜已经在所难免,整军备战的任务,现在就全部压在了小早川隆景一个人的肩上。

而在这种关头,小早川隆景居然还分出精力,亲自过问这次行动,可见他对那群人的重视。

"一群明国密探而已,真的有必要吗?"吉川广家暗自嘀咕着。

就像听到了他的心声一般,小早川隆景回过头望了他一眼:"广家,是不是觉得我有点儿小题大做?"

吉川广家吓了一跳,连忙低头回答:"叔父大人的举动,必然都有深意,广家不敢有这种想法!……只是,广家实在愚钝,想不出为什么要这么做。"

小早川隆景微笑道:"广家,在你心目中,这群明国密探恐怕也就是一般忍者的地位吧?"

"我确实是这么想的。"吉川广家索性老实承认。他认为自己在这位叔父大人面前,最好别耍什么小聪明,无数次的教训证明,那些小聪明、小伎俩都没有什么用,倒不如乖乖听其教诲来得好。

"忍者——你想象一下,如果太阁大人的黄母衣众,武艺更高强,也精通各种情报刺探,同时拥有直接制裁官员的权力……"小早川隆景低头缓缓道,"你会把他们当忍者看待吗?"

所谓"黄母衣众",指的是丰臣秀吉从自己的亲卫队中选出的精锐武士,全都是深得主君信赖的亲信,有谁敢把他们看成是毫无地位的忍者?

吉川广家没想到叔父会如此评价那群人,不禁张大了嘴:"这些人……拥有这样的地位,却潜入日本来?"

小早川隆景的语气变得严厉:"所以他们才是锦衣飞鹰!这一次来的人里,甚至还有能够直接面见明国皇帝的指挥使!"

"这些密探……这些飞鹰,既然如此危险,那他们闯到这名护屋城定然有所仗恃!"想通了叔父如此重视的原因,吉川广家却又紧张起来,"单凭我们安排的这三千人,是不是还不太够?"

"广家,这你就多虑了,他们是不得不来。"小早川隆景冷笑一声,指着城下道,"这一次我必须要说,望月风太郎他们干得不错,前后配合,终于把这些家伙逼到名护屋来……这一次,必须趁这个机会,把他们全部除掉!一个也不能放回明国去!"

吉川广家重重点头,再次望向城下的街道。

数千名全副武装的士兵,已经将那座被指认为目标的茶室围得水泄不通，纵使是夜叉降世，也休想逃出名护屋城去！

静谧的茶室里，学着日本人跪坐于地的洪天罡摘下斗笠，望着对面的人微笑道："小江，十八年不见了。十八年不见了，小江。"

坐在对面的那个男子身子颤抖了一下，深深伏下身去，低声回答："洪大人……'小江'这个称呼，属下也十八年没有听到了。"

"你孤身在日本十八年，辛苦你了。"洪天罡温言道，"本来现在形势险恶，不该联络你，但这一次情况特殊，只能冒险。"

"辛苦不敢当，属下全凭大人吩咐！"

这个叫"小江"的男子，既然已经在日本十八年，自是一点儿也不"小"，但在洪天罡面前依然毕恭毕敬，就像多年前在顺安卫时一般。

"现在情况不妙，我便老实告诉你，你本不该来的。"洪天罡语气平静，话语里的信息却是惊人，"是不是听到了什么风声？"

小江点点头："在京都那边得到情报，大明的锦衣卫正试图潜入日本，前往名护屋城盗取情报，成员包括指挥使您洪天罡，百户张全辉、李定、苏春等人……我核对了情报来源与内容，确认无误，所以……"

"所以虽然我给你下达了蛰伏的命令，你还是放心不下，要赶到名护屋来看看。"洪天罡叹了口气，"我们在途中也得到了同样的消息，知道风声走漏，但我知道你多半会有所行动，故而也只能转向赶往名护屋。"

"这是……阳谋！"小江马上反应过来，"就是放出这样粗浅的情报，却逼得我们不得不都来名护屋……大人，你们必须马上离开！这是陷阱！来抓捕我们的人一定在路上了！"

便在此时，飞鸟庵的大门外响起了敲门声。

第二章 天守阁之打头目

黑田利高放眼望去，只见枪剑如林，长枪、铁炮、弓箭、刀盾一应俱全，还有忍者夹杂其间……

"来了来了,不能小点儿声吗?有客人在呢。"伙计懒洋洋地抱怨两句,走过去打开门,却见外面杀气腾腾,站了上百名全副武装的士兵,为首的正是黑田利高!这飞鸟庵只是一个附庸风雅的小商人开设的茶室,哪里见过这种阵仗,伙计当时就吓得腿软了,还没来得及说话,他身后冒出的一双手便已经悄无声息地扭断了他的脖子。

黑田利高低声问道:"里面情况怎么样?"

杀死伙计的那名忍者匆匆行礼,回答:"目标进入茶室后就没有出来,四周都有人在监视,他们绝对在茶室内!"

黑田利高神色凝重,指了指前方:"领路!"

茶室内依然风平浪静。

"敌人不只在日本,也在大明。我们十三人一路上打了好几场,现在只剩九人。"洪天罡悠然道,"我们到日本的消息原属机密,不想被这样轻易泄露,可见朝廷中为数不多的那几位里也有人心怀不轨。"

小江脑门儿都急出了汗:"所以大人你们得赶紧走!"

"我们自然有所打算,不过在这之前,我却要先办正事。"洪天罡坐直身子,直视小江,"奉天子之命,来日本调查丰臣秀吉动向,议和既然破裂,想来丰臣秀吉不会善罢甘休,那么他下一步的主力会攻往何处——小江,你既然来了,可有什么情报？"

小江虽然心急如焚，听到这话却勉强平复了情绪，自怀里掏出一根细小的竹管，递给洪天罡："丰臣秀吉已经向全日本的大名下令，要求各地大名集结部队到名护屋。这名护屋城便是上次攻击朝鲜的总据点，可见这次依然是以朝鲜为目标，但因为上次征讨伤亡颇大，所以大名们积极性并不高，估计重新集结起足以攻打朝鲜的军力还需要几个月——这里是我探听到的部队部署和攻略朝鲜计划，就有劳大人送回京城了！"

洪天罡收起竹管，点了点头："明白了，交给我吧，小江，你现在就离开名护屋城。"

小江一愣："大人，你说要我离开名护屋，但敌人说不定已经……难道大人另有布置？"

洪天罡望向窗外，慢慢地说："幕后之人，一心想要算计飞鹰，而我们因为任务，也不得不听他摆布——但现在拿到小江你的情报，飞鹰任务已经完成了，接下来就该让他们知道，不管怎么安排算计，要想追捕飞鹰，必须付出代价！这个代价要大到让他们不敢再试第二次！"

黑田家的士兵已经密密麻麻布满茶室周围，黑田利高放眼望去，只见枪剑如林，长枪、铁炮、弓箭、刀盾一应俱全，还有忍者夹杂其间，茶室内的人便是三头六臂也难以冲杀出来！

"布置到这种地步，小早川大人总该放心了吧！不管这几个密探多厉害，难道还真的每人都有千人斩的本事？"黑田利高想着，拔出武士刀来，"杀，不留活口！"

话音未落，茶室的纸门轰然爆裂，黑田利高还没反应过来，几个人影已经自茶室冲出，站在最前面的士兵们顿时纷纷惨叫着倒地，只见这几个人手中刀影飞舞，转眼砍翻十余人，就向着室外一路杀了出去！

"拦住他们，拦住他们！"黑田利高气得大叫，"后退者定斩不饶！"

简直岂有此理，黑田家的精锐战士怎么能不堪到这种地步，外面可还有好几家大名的部队看着，这简直要丢脸丢到天上去！

但就在他大声下令的时候，冲出来的人里有个看上去面黄肌瘦的老学究似的人回过头看了他一眼，随即便是手腕一抖，六枚飞镖全数插到了这位明显是领军大将的武将身上！

"利高大人阵亡了！"

惊呼声从飞鸟庵里传出，守在门口的贵田孙兵卫听得眼角猛然一阵抽搐。

黑田利高大人阵亡了？日本第一军师黑田官兵卫的亲弟弟，黑田家的头号重臣，黑田利高就这样死了？

还没等他细想，喧哗声猛然变大，就见几个黑田家士兵像布口袋一样从门内飞出，重重地摔在地上，然后那群明国密探便紧跟着冲了出来！

"射！"来不及细想，贵田孙兵卫大声下令，早守在外面的数十名弓箭手顿时纷纷放箭，那几名明国密探中明显有人被射中，但他们的动作丝毫没有停顿，几个照面间弓箭手就被他们扫倒一片，血流成河。

在留下一地尸体后，敌人又向另一个方向杀了过去，那边是九州有名的强兵岛津家在防守，但结果并没有任何改变，依然被杀得惨叫连连，丢盔弃甲！而发现对方的突破目标不是自己之后，贵田孙兵卫竟没来由地松了口气，只是看着满地的尸体，他也暗自心惊。

难怪上头这么紧张，这几个家伙简直就是传说中的阿修罗，不派出数千人的精锐阵容，只怕真的拦不下他们……但以目前的布置，真的就能将他们全部歼灭吗？

经历过朝鲜大战，见惯了尸山血海的贵田孙兵卫突然自信全无。

"大人，这是……"小江侧耳听着远处隐隐传来的喊杀声，"外面出了什么事？"

"是你的同伴……算你后辈吧。"洪天罡道，"现在大半个名护屋城的兵力应该都被吸引过去了，你赶紧趁这个机会离开吧。"

小江猛然反应过来，几乎是要扑到洪天罡面前："外面是飞鹰？……大人！不能这样，不能这样牺牲飞鹰！我听说大明那边的飞鹰已经很少了！"

"是很少了。"洪天罡道，"既然朝中有人与日本勾结，怎么会允许飞鹰继续存在？这次把我们全部逼到名护屋，就是打算斩草除根。"

"那大人……"

"听好了，小江，这可能是我们最后一次见面。"洪天罡轻轻抓住小江的肩膀，"很有可能，我们全都无法再回到大明……但是你不一样，你要活下去，你要在日本潜伏下去，作为隐藏得最深的'燕子'，也作为这一代最后的飞鹰！"

"大人，如果你们都不在了，我潜伏在这里还有什么意义？"小江悲愤道，"我还不如跟你们一起战死！"

"我刚才说的是，我们'这一代'最后的飞鹰，"洪天罡沉默片刻，低声道，"总有一天，新的飞鹰会归来，那时候，能指引他们的就只有你了。"

"新的飞鹰……"小江低声重复了几句，终于平静下来，"属下明白了，属下会在京都等着他们。"

"好了，我要去找那群臭小子了。"洪天罡站起来，一边将斗笠扣在自己头上一边转过身去，"你去吧。"

小江在他身后深深低下头去："大人，千万保重，属下……告辞。"

洪天罡不再回头，推开身前的纸门走出去，而他身后的房间已经空无一人。

"不知道是哪里来的浪人，在那边闹腾得厉害呢。"门口的伙计正对着街道探头探脑，见洪天罡走出来连忙点头哈腰，"客人，你可不要贸然过去，那些负责治安的老爷不怎么讲理的……"

洪天罡只是微微向这伙计点头示意，便离开了这间茶室。

此处离骚动的中心地带隔了三条街。

事先调集的数千兵将已经将这几条街围得水泄不通，但战斗中心传来的消息却不怎么妙。

"立花家的小野大人阵亡！"

"龙造寺家的清田大人阵亡！"

"蒲生家的成田大人阵亡！"

"秋月家的阵势崩溃了，下一阵出动！赶紧顶上去！"

洪天罡从前方如临大敌的士兵处收回视线，转而投向更远的地方。

今天天气晴朗，名护屋城的天守阁清晰可辨。

"这群臭小子，就算要死，也稍微注意一下重点啊。"洪天罡自言自语，随即探手到腰间拔出刀来。

一把绣春刀。

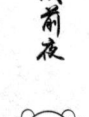

这把绣春刀乍看之下和现如今大明锦衣卫使用的绣春刀别无二致，但洪天罡知道，它比其他绣春刀长了两寸，宽了一寸，底端还刻着一行小字：嘉靖三十年钦制。

这意味着，这把刀已经陪伴它的主人将近五十年了。

"老伙计，跟我再战一场。"洪天罡弹了一下刀身，绣春刀发出清脆的响声。

原本一直关注前方战事的士兵们终于有几个听到身后传来的异响，警觉地转过身来，便看见一个提着长刀的老人站在几丈开外。

"什么人？"九鬼家的足轻头盐川庸助喝道，"这里正在捉拿逆贼，无关人员退散！"

洪天罡微微一笑，反而缓步向前走来。这时候任谁也看得出这老人不是"无关人员"了，盐川庸助却不惊反喜：前面的那些明国密探多厉害，是只听见没看见，但面前这个密探同党只是一介糟老头，能有多大本事？天大的功劳就摆在眼前！

"杀了他！"盐川庸助大喝一声，便举起长枪向那老人刺去，但那老人只是轻轻一挥袍袖，盐川庸助便觉得自己飞了起来。

一瞬间，便是一具失去头颅的尸体。

"这具无头尸有点儿熟悉……"这是盐川庸助那颗首级飞在半空中时浮现的最后念头。

士兵们纷纷惊呼出声，而洪天罡则已经如一只猛虎般冲进了人群！

这一番冲击，端的是腥风血雨！洪天罡手中绣春刀带出一蓬又一蓬血雨，管对面是什么精兵劲卒，在这把绣春刀面前都无一合之敌，很快士兵们就丧失了继续进攻的勇气，惨叫着向

后逃去。

如此杀出几十丈去，前面的士兵阵容终于稍微整齐了一点儿，只见一个身着华丽铠甲的武将提着刀冲出阵来，居然是想来一场单挑："加藤清正大人麾下桥本伊贺守道一，前来领教！堂堂正正决一胜负吧！"

话音未落，洪天罡已经冲到他面前，一刀把他的盔甲连人斩成两段，毫不停步地继续向前，只留下两个字："聒噪！"

这个骚乱又惊动了其他部队，更多士兵掉转方向扑向洪天罡，而洪天罡也没有半点儿后退的意思，依然是一人一刀，横冲直撞，直有将这千人战阵杀个透穿之势！

"那边是什么人？"小早川隆景在天守阁上把下方景象尽收眼底，早已注意到了另一侧的骚动，"那边有人正在向飞鹰靠近！士兵们挡不住他！"

吉川广家几步冲到栏杆前，只看了一眼就紧张得抓住了围栏："好高强的武艺……只有一个人！是谁？那人是谁？望月风太郎！那人是谁？"

甲贺忍者首领望月风太郎急匆匆地从天守阁外翻了进来，脸色难看至极："从外貌来看，是……锦衣卫指挥使，洪天罡！"

"洪天罡？飞鹰的总大将？"小早川隆景目光一凝，"你们居然没有监视他？"

望月风太郎跪在地上，额头上全是冷汗："大人恕罪，没想到洪天罡在九州登陆后竟然离开大队单独行动，其他人则是挟持了一名普通士兵扮作同伙，一路混入这名护屋来……"

小早川隆景打断他："也就是说，洪天罡应该已经和那个

'燕子'见过面了？"

"洪天罡公然现出身形，不再躲藏……"望月风太郎低声道，"只怕'燕子'已经逃走了！"

小早川隆景沉默片刻，慢慢道："望月风太郎！"

"小人在！"

"若是连洪天罡也放走，你就不用回来了。"

望月风太郎重重将额头撞到地板上，大声应道："是！"

一声呼哨，至少五十名黑衣蒙面忍者从名护屋城的各个角落杀了出来，直奔洪天罡而去！

"喂，忍者们出来了！"苏春砍翻两个军士后，率先注意到了名护屋城那边的情况，"等一下，不是冲我们来的！"

"看来是洪老大已经聊完正事了。"他身边的李定接口，"我们的正事还没做呢。"

苏春撇嘴，随即在千军万马中放声大喊起来："还活着的，喘个气！"

只听得几声惨叫，便见潘玉鹏从人群里杀出来，满不在乎地抹了一把脸上的血污："正杀得高兴，有屁快放！"

"该动手了！"苏春一刀割破面前士兵的咽喉，"洪老大那边开始动了！"

潘玉鹏愣了一愣，随即露出一个微笑："好！"

这时候张全辉也踢飞两名士兵后赶过来："老高也不行了，现在只剩我们几个！要动手就赶快！"

"那还等什么？"苏春道，"走吧！"

四名满身浴血的飞鹰聚到一起，周围成百上千的日军士卒竟没有一个敢上前，场面一时安静，只有不远处发出的喊杀声隐隐传来。

此时从天守阁上看下去，街道上的战斗已经明显分成两拨，一拨是四名飞鹰与包围他们的上千军士，另一拨则是洪天罡和他身后数十名穷追不舍的忍者。

"只九名飞鹰，就把我军搅动成这个样子！叔父大人果然是高瞻远瞩，锦衣飞鹰必须消灭！"吉川广家早已看得脸色铁青，"但是叔父大人，我始终不明白，如果飞鹰都这么厉害，如果他们在朝鲜全军出动，不计损失，只怕我们会狼狈得多！为什么他们不这么做？"

"明国比日本大十倍以上，需要飞鹰的地方也是十倍以上，对明国来说朝鲜只是一个藩属国，战火既然没有烧到他们国土上，自然不会用尽全力，更何况他们是明国皇帝的亲卫队，就更不会用于这种牺牲。"小早川隆景回答，"正是因为明国朝廷的这种心态，我们才有机会进行布置，并且利用明国内应将飞鹰逐步铲除，最后将他们逼到了这里……今日，就是飞鹰全灭之日！"

说话间却见洪天罡转了方向，折向街道另一头，虽然路上依然无人可挡，吉川广家却看得眉飞色舞："这老指挥使杀昏了头，离突围的方向更远了！叔父大人，我这就去追加兵力，一定要把他拦下！"

小早川隆景微微颔首，吉川广家便快步下楼去了，远远听到他兴奋地大叫大嚷。

张全辉高高跃上一座民居的屋顶。

此时李定也已经身中十余创，终于力竭，最后是与一名岛津家武将同归于尽，现在他们只剩三个人。

三个人站在房顶上，四面八方都是密密麻麻蜂拥而至的士兵，至少有一百人正大叫着往这座建筑的房顶上爬。但三个人只是望向另一个方向。

在那边街道的房顶上，洪天罡刚刚劈飞一个忍者。

便如心有灵犀一般，洪天罡也转头向这边看来，刚好与自己的三个弟子遥遥相望。

"臭小子们，"洪天罡喃喃自语，"去吧！"

张全辉咧嘴露出一个微笑，和苏春、潘玉鹏齐齐向远处的洪天罡抱拳行礼，随即便转过身厮杀而走，一路也不知道把多少倒霉的日本兵卒踢下房去！

洪天罡目送三个人远去，随即自己转身砍倒两个忍者，奔向另一个方向，在他身后则是如潮水一般涌来的追兵。

日本战乱结束不过几年，这些士兵都还保留着好战嗜血的性子，对死亡并没有太多的畏惧，此时吉川广家的命令已经下达，人人知道擒杀这个老人是最大功劳，全都红着眼向上扑，就连最低级的足轻也不例外，眼见得街道上倒是有一半兵力过来包围洪天罡了。

而张全辉等人便在这时候也折返了方向！

他们一个变向，将预备围堵他们的部队甩在身后，朝一个所有人都意想不到的方向冲了过去。

"这几个家伙也昏了头吗？"吉川广家嘀咕道，"铁炮队，准备开火！"

一百名铁炮手跑了出来，将手中的火绳枪对准前方。难怪吉川广家疑惑，三名飞鹰前进的方向居然是名护屋城这边——如此醒目的城池，要产生怎样的误判，才会让三名精锐飞鹰同时选了这边？

不过眼下容不得他疑惑。由于大批兵力在外包围，名护屋城正面的防备反而不足,没多久三个人就打穿外围防线,直冲到了名护屋城的城垣下!

"开火!"铁炮队的将领大声发令,只听枪声大作,烟雾弥漫,却一个人都没打中。潘玉鹏纵身翻过围墙,长刀横扫,顿时就有四五个铁炮手倒下,其余的铁炮手一哄而散,而周围早已严阵以待的上百名足轻则纷纷举起长枪冲过来,就见潘玉鹏冲进人群一阵好杀,顿时足轻们阵形也是大乱。

幸亏逃散的铁炮手们已经又聚起来,这时也顾不得误伤友军了,几十门铁炮一起射击,除了一群日军士兵惨叫摔倒,总算也让潘玉鹏踉跄了几下,身上几处新增伤口涌出血来。这总算让士兵们都松了口气:这人还是会受伤,会流血!不是真的阿修罗!只要集中攻击,还是能杀了他!

但张全辉和苏春根本没有理会受伤被围的潘玉鹏!

两个人趁着守军围攻潘玉鹏的机会,直接纵身跃上了名护屋城的二之丸,马不停蹄地冲向更高处!

"这两个浑蛋!"吉川广家失声喊了出来,这时候只要不是瞎子,谁都能看出这两个飞鹰要做什么——他们要去名护屋城的最高处,天守阁!

从一开始,他们就没打算要突围而走!他们的首领洪天罡以自身为饵,吸引了大部分兵力,给他们创造了这个机会,让他们能够突入名护屋城,直取天守阁!

在天守阁顶层,此刻正站着名护屋城的最高指挥官小早川隆景!一旦被这两个飞鹰冲上去……吉川广家只觉得双眼发黑,不敢再细想下去,他嘶声大喊:"保护小早川大人!全部都回来保护小早川大人!"

但要做到这一点谈何容易?整个名护屋城里倒是还有一千

多士兵，却没人有飞鹰这样飞檐走壁的本事！一大群人在地上狂奔追逐，喝骂不止，却只能眼睁睁望着两个明国飞鹰攀缘而上，离天守阁越来越近！

蓦地从天守阁中冲出几名忍者，迎着张全辉等人就杀了上去，吉川广家心里一松：原来还有人能对付他们！这几个他平素一贯看不起的忍者，现在看上去分外亲切，只求他们能阻上一阻！

与此同时，已经有机敏的家臣和侍卫冲上顶层，拽着小早川隆景就往后走："大人，这里危险，请先避一避！"

小早川隆景也不摆什么临危不动的姿态，扭头就走，自己是一军大将，身负重任，怎么能蠢到逞一时意气，跟刺客对个正面？

但张全辉和苏春不是那几个忍者能挡得住的，只一个照面，忍者们便纷纷惨叫着摔落，这名护屋城的天守阁地势险要，掉下去几乎没有生还的机会，故而两个人连看都不看他们一眼，只管往上攀去，转眼便上了二楼，从吉川广家眼前一掠而过！

吉川广家呆了一呆，随即便发了疯似的转身冲向楼梯，心里只有一个念头：决不能让他们伤到叔父大人！叔父大人若是有什么意外……毛利家的天就要塌下来了！

眼见得离天守阁顶端只有最后一层，张全辉正待发力跃起，后背却是一痛，这一跃没发上力，他几乎从天守阁的外墙上摔下去。

他回头一望，只见几个忍者正以惊人的速度从后方赶过来，只看这一眼，他便清楚这几个人比之前的敌人都要强得多，就算平日的最佳状态自己只怕也要全力应付，而现在自己已经血战多时，受伤不止一处，只怕有点儿难度……偏偏背上一阵麻痹感此时也扩散开来，张全辉忍不住骂了一句："又是毒镖！王八蛋！"

"全辉，你还行不行？"苏春大声问。

张全辉哼了一声："这里交给我，你快走！"

苏春也没有丝毫犹豫，挥刀拨落两枚对面射来的手里剑，扭头又向上冲去。

"黑川广义！"刚才从背后偷袭张全辉的正是望月风太郎，发现有人要刺杀小早川隆景后，他毫不犹豫地放弃了洪天罡这边，带着自己最得力的下属玩命一样赶了回来，"阻止他！"

脸上有一道醒目刀疤的忍者答应一声，也不理张全辉，直扑苏春！

"老子还没死！"张全辉怒吼，同样是不管已经杀到面前的望月风太郎，一刀劈向黑川广义，只听两声闷响，望月风太郎一刀刺入张全辉腹部，而张全辉那一刀则是在黑川广义大腿上开出一道巨大的伤口！

便是这一刀，让黑川广义没能跳起来，眼睁睁地望着苏春翻上了天守阁最高处！

"浑蛋……"望月风太郎大叫。张全辉却一把抓住他的手腕，笑道："别走！"

望月风太郎低头望去，只见张全辉右手从怀里掏出一颗灰色小球来，虽然不知道那是什么，但这场合掏出来的还能是什么好东西？

幸好跟他一起赶来的一个忍者当机立断，拔刀就斩向张全辉的手腕，总算把自己的头领解救出来，但几乎就在同时，张全辉右手中那颗小球也猛然爆裂开去，将这天守阁的屋檐炸塌了一大半！

爆炸发生的时候，苏春已经冲入了天守阁最高层。

这里早就有数十名士兵严阵以待，苏春却不把他们放在眼里，只盯着远处房间尽头正被几个人簇拥着离开的那名老者。

小早川隆景！

小早川隆景也看见了这个满身浴血的明国锦衣卫，瞳孔一缩，随即脚下步伐加快了几分，只要再走出几步，便能进入天守阁专用的秘道，到时候就算这锦衣卫有三头六臂也再找不到他！

"哪里走！"苏春借着房内的柱子和墙壁高高跃起，冲向小早川隆景，全然不顾四面八方刺来的长矛和射来的箭矢，转眼身上便多出七八处伤口，但他与小早川隆景也仅剩下不到一丈距离！

但就在这紧要关头，苏春却一头栽倒下去！

"一步也不能让你再前进了！"黑川广义和两个忍者从天守阁外面冲了进来，刚才正是他们放出的钩索咬住了苏春的腿，现在苏春的双腿就连站起来也几乎不可能了。但他只哼一声，右手一扬，把绣春刀掷了出去，这一刀势若闪电，直扑小早川隆景。

"大人小心！"一个忠心家臣挡在前面，当即就被这一刀捅个对穿，整个人都飞起来挂到后方墙壁上，鲜血溅了小早川隆景一脸。

但这个明国飞鹰总算被阻止了！

不止黑川广义，就连小早川隆景望着那个只差咫尺距离就能冲到自己面前的年轻人，都微微松了口气。

这时候其他士兵终于赶了上来，十几支长枪一起向手无寸铁又失去行动能力的苏春刺去，苏春自是毫无悬念地被乱枪刺中，但就在所有人以为大局已定的时候，这个明国锦衣卫又睁开了眼！

他抓住一支正刺向自己的长枪，一把将那支枪夺了过来，然后聚起全身最后的力气，大吼一声，将长枪再次向小早川隆景掷了过去！

小早川隆景本以为此人必死，便不大想进秘道，还站在原地观望，谁也没料到这个胸腹要害都被刺穿的人竟然还有力气投出这一枪，小早川隆景前面无一人阻拦，整个天守阁几十号人眼睁睁地看着长枪呼啸而至，将小早川隆景刺了个对穿！

小早川隆景连喊声都没发出来，便仰天倒地！

直到这时，才有人惊呼出声："大人！"

黑川广义呆立在原地，望月风太郎此时也带着一身的伤跃入天守阁，刚才他的忍者部下替他挡住了爆炸威力，他才逃得性命，但看到这情景，他只愿自己死了才好！

"叔父，叔父大人！"吉川广家这时候总算爬上了顶层，却看到小早川隆景倒在血泊中的恐怖景象，顿时手脚冰凉，几步冲过去把叔父扶起来，朝周围的人大叫："还愣着干什么？去找医生！"

"广家，广家……"小早川隆景发出虚弱的声音，"给我……听好了……"

吉川广家吃了一惊，连忙把耳朵凑到叔父嘴边："叔父大人！"

"我的死讯……不要外传，在进军朝鲜之前……不要外传！"小早川隆景用最后的力气说道，"不然……会影响……

太阁大人……的计划……毛利家……以后就交给你了，广家！"

"叔父大人，你不会有事的！"吉川广家几乎要哭出声来，但他也是久经战阵的宿将，光看小早川隆景的伤口便知道，这样的老人受此重创，几乎就没有活下来的可能了。吉川广家心想，到这时叔父还在想着本家兴亡！

小早川隆景这时候回光返照，一把抓住吉川广家的手，急促地说道："广家，不管将来天下有什么变化，记住，不要莽撞，不要有什么野心，也不要追求超越自己能力的东西，你和毛利家都是如此！你今后的任何决定，关系着……毛利家的未来！"

"我知道……我知道了，叔父！"吉川广家带着哭腔道，"我不会让你失望的！"

小早川隆景露出一副释然的表情，随即他抓住吉川广家的手便失去了力量，软软地滑落于地。

吉川广家脑子里一片空白。

昔日智将毛利元就的第三子，如今毛利家事实上的领导者，原定的二次征朝指挥官……丰臣秀吉最信任的大将之一小早川隆景，死于名护屋城！

毛利家的天，真的塌了。

吉川广家抱着小早川隆景的尸体呆呆地坐在那里，周围的人也只能不动不语，连出气都不敢大声，直到吉川广家重新开口，用干涩的声音道："望月风太郎！"

望月风太郎连忙跪在地上："小人在！"

"锦衣卫都解决了吗？"

望月风太郎连头都不敢抬，嗫嚅道："还……还有一个！"

"杀了他……传令下去，全军出动，杀了他！"吉川广家的面容扭曲起来，"望月风太郎，把你的人全派出去！要是让他逃回明国，我要你整个甲贺灭族！"

"是！"望月风太郎哪里还敢耽搁，与黑川广义扭头就往外冲，便在转身之时，他看到了苏春。苏春早已倚靠在墙边停止了呼吸，但他的脸上带着笑意。

他是眼看着小早川隆景中枪，确定对方必死无疑后才心满意足死去的。

望月风太郎恼怒地咬着牙："该死……"

这群明国的密探，怎么就真能在万军中取了总大将的性命？

第三章 逼洪天罡无生路

「会死的！一定会死！没有人能在这样的暴风雨里活下来！从来都没听说过！」

烈日当空，头顶是澄蓝的天空；但远处的海平面尽头乌云汇聚，一场风暴很明显正在接近中。

若是在平时，有经验的渔民们会到家中静待飓风过境。但现在，这座岛上人声鼎沸，让统治这一带的大名五岛玄雅眉头紧紧皱在一起——偏偏他还一句话都不敢说。

这座岛名为福江岛，位于九州西面，是五岛列岛的最南端岛屿，说起来还和海对面的明国有些缘分，当年日本派往天朝上国大唐的船只便在这里正式起航，大名鼎鼎的五峰船主汪直也将这里作为落脚点——可惜三十多年前汪直就被明国以倭寇的名义砍了头。

而现在，福江岛再次因为一个明国人被掀得天翻地覆。

前几日发生了一件大事，有明国密探偷袭名护屋城，在守军围攻下伤亡惨重，余党仓促逃窜，太阁大人为此命令九州诸大名严加防范，绝不让敌人有潜逃回去的机会。

袭击事件之后不久又传出消息，名护屋瘟疫暴发，死者枕藉，染病身亡者包括黑田利高、大关晴增等有名大将，就连小早川隆景大人都重病不能视事，故而名护屋城集结的命令先延后三个月。

听到后面这条消息之后，九州诸领主皆心照不宣：那次袭击事件里，真不好说伤亡惨重的到底是哪方！

敌人能够在万军中重创小早川隆景，自然是一等一危险人物，五岛玄雅绝无丝毫兴趣与这种人有交集，多一事不如少一事。

但他知道自己领地的特点，五岛列岛天然就是出海前往明国的桥头堡，明国密探要离境的话十有八九得通过五岛列岛，故而也让手下多加留意，却没料到这密探来得如此之快，今天就杀到了福江岛！

跟在密探后面的，还有超过一万人马。

几乎所有在名护屋城驻扎有部队的大名都派人杀了过来，尤其是毛利、黑田等损失了家中重臣的势力，简直跟疯了一样紧追不舍，完全不给这位五岛家家主面子，一路从五岛列岛北端追杀到这最南边来。

五岛玄雅还得赔上笑脸，表示全力协助，毕竟他只是一万多石的小领主，在这些领地动辄几十上百万石的大佬面前真是一点儿发言权都没有！

现在和五岛玄雅一起站在福江岛的大名府邸最高处，俯瞰岛上情景的，则是另一个让五岛玄雅喘不过气的大人物。

佐和山城城主，官拜治部少辅的石田三成。

如果说小早川隆景是丰臣秀吉最信任的外地领主，那么石田三成就是丰臣秀吉最信任的直属部下，上次征伐朝鲜，便是这位石田三成担任全军的监军——差不多把全日本的大名得罪了一半。五岛玄雅这种小领主，更是绝对不愿意被石田三成找到什么把柄的。

"五岛大人，擒获明国密探什么的，我是不指望你的。"石田三成一开口，就是能够得罪所有人的语气，"但是至少你要做到应该做到的事情吧？"

五岛玄雅胆战心惊："不知道治部少辅大人说的是……什

么事？"

"至少你应该把所有的船只全都没收。"石田三成淡淡道，"我上岛来可是看到不少渔船还停在港内，甚至还有出海捕鱼的。"

五岛玄雅的额头顿时汗涔涔的："治部少辅大人，请明鉴，现在岛上的都是只能出海十几里的小船，用这样的船无论如何也不可能逃回明国！"

"五岛大人，有这样的侥幸心理可不行啊，太阁大人对名护屋遇袭之事非常生气，决不能出任何疏失。"石田三成回答，"不过请五岛大人放心，我已经替你补上了这个漏洞。"

"补上……漏洞？"五岛玄雅一愣，随即就见海边的港口冒起了冲天黑烟，"那……那是……"

石田三成依然面无表情地看着他："我说了，不能有任何疏失……相信五岛大人是能够理解的。"

五岛玄雅还能说什么？只有点头哈腰，唯唯称是而已。

只是他心里一阵阵发凉：这位治部少辅，果然还和出征朝鲜那时候一模一样，为了完成太阁大人的命令，真是什么都不管不顾！现在就因为一个几乎不可能被利用的小漏洞，派人烧掉了整座福江岛上的渔船！

他到底有没有想过，这样可能饿死人的！

福江岛的一处偏僻沙滩上，洪天罡一刀斩出，又是一个足轻摇晃了几下，仰面倒地。

他身前已经倒下十七八具尸体，而率领这支足轻小队的足轻头高野勇太终于丧失了继续进攻的勇气，只是用惊恐的眼神盯着眼前这位老人。

老人身上的衣服沾染着大片大片的深色污渍，袍袖在海风劲吹下翻飞，头发和胡须也乱七八糟地纠结在一起，看上去只是个身体单薄又狼狈的糟老头而已，但高野勇太根本不敢有丝毫的轻视。

作为驻扎在名护屋城的松浦家部队中的一员，他当日可是亲眼看到这位老人如何从千军万马里杀出一条血路突围出去，便是传说中的那些鬼神也不过如此！

然后，还在为没有正面对上这些明国密探而暗自庆幸的高野勇太就接到命令，几乎整个名护屋城三分之二的兵力都派了出来，追杀了这老人好几百里，京都那边也立下了高昂的赏格，但现在还没有一个人有机会拿到这份悬赏，路上做了短命鬼的倒是不少！

高野勇太对自己有几斤几两是非常清楚的，他和自己手下的二十个足轻加起来也不可能是那个密探的对手，所以这次虽然随大军追杀到了福江岛，但其实根本没打算立功，满心想着随便找个地方混一会儿算了。

……怎么就这么倒霉，真撞上了这个老妖怪！

转眼之间，二十个足轻死了十八个，高野勇太连连后退，要不是怕自己一转身就会被洪天罡追上来砍翻，只怕他早就抱头鼠窜了！

洪天罡其实也懒得追击，他追上这群倒霉蛋纯粹是因为准备抢这处简陋港口的渔船——

日本方面的反扑，来得实在过于猛烈。几乎整个九州的大名都被动员起来，还有已经红了眼的甲贺忍者一路不惜代价追杀，就连这经验丰富的老飞鹰也好几次差点儿着了道儿，现在他们更是已经丧心病狂到烧毁整座岛上的船只，就为了不让自

己再有逃走的机会！

"还是老了啊。"洪天罡暗自叹了口气，若是再年轻二十岁，现在早就已经成功返回大明了吧？

他扭头看看港湾里，只有两艘小得可怜的渔船，说是舢板可能更恰当一些，要是想象用它一路划回大明，无异于痴人说梦。

但洪天罡也没有更好的选择，再耽误一会儿，石田三成的部队就会赶过来，连这里也一并烧了。

就在此时，他突然诧异地望向对面敌人的方向。

高野勇太只听见两声闷响，自己身边最后的两个部下也颓然倒地，这下可把他吓得不轻：他一直死死盯着那老人，绝对没有看到对方有任何动作，难道他会妖术不成？

正这么想着，他突然觉得自己胸口一痛，接着便有一截刀尖刺穿他的胸口透了出来。

洪天罡根本没有看他，而是一直看着他的身后。高野勇太身后不知何时出现了一个身着黑衣的忍者，将这倒霉的足轻头一脚踢倒，顺便擦掉自己刀刃上的血。

"指挥使洪天罡大人，总算追上您了。"这忍者没有蒙面，露出一张年轻的脸，显得极为精悍，"小人名为近藤七郎，奉首领之命而来。"

洪天罡依然没有放松表情："我可不记得在日本忍者里有熟人。"

"您当然不认识我，我只是专程追上来，向您传递信息。"近藤七郎回答，"首先，关于阁下一行人行踪泄露，想必指挥使大人已经心中有数了吧？"

洪天罡淡淡道："你要说什么？"

"如果指挥使大人还不清楚的话,我就明说吧——望月风太郎在明国的高层有内应。但是很遗憾,这个内应的情报属于最高机密,我这边无权获得。"近藤七郎苦笑道,"我唯一知道的是,这个内应似乎就是在朝鲜被发展的。"

洪天罡若有所思:"是吗?……这样已经大大缩小范围了。"

"另一件事,同样和朝鲜有关。"近藤七郎接着说下去,"据说在甲贺的大本营,囚禁着一位从朝鲜俘虏的飞鹰。"

这倒是真的大出洪天罡意料:"你说什么?"

"这位飞鹰已经被关押好几年了,甲贺没有要他的命,应该是有什么特殊用处吧?"近藤七郎一脸真诚,"看来……这个情报比上一个更重要?"

"两个情报都很重要,不过我还是很好奇。"洪天罡道,"为什么要告诉我?我现在只是一个被全日本追杀,走投无路的糟老头子罢了。"

"如果指挥使大人不幸战死,对我们也没什么损失;如果指挥使大人逃出生天,那望月风太郎的麻烦可就大了……首领是这么对我说的。"近藤七郎说着,把蒙面布重新戴好,慢慢向后退去,"追兵快来了,指挥使大人,祝您一路顺风。"

"我还有最后一个问题。"洪天罡道,"泄露这样的情报,对你和你背后的人有什么好处?看来你和望月风太郎并不是一边的?"

近藤七郎的身影已经消失在树丛后面,只有声音隐隐传来:"他是甲贺,我是伊贺。"

洪天罡微微挑起眉毛,但他随即不再思考这个问题,转而跳上一艘小船,向港外划去。就在小船离岸大约二十丈的时

候，又有一大批士兵冲到了这处港口，随即毫不犹豫地吹响了号角。

福江岛能成为五岛家的大本营，自然并不是什么小岛，然而随着这一声号角响起，整座岛上都陆续响起号角声，就仿佛有上万人在一起示警，五岛玄雅听得胆战心惊，忍不住想问上两句，却始终没有那个胆子，最后还是石田三成自己板着脸开口："目标已经出海了。"

"出……出海了？"五岛玄雅也不知道该不该高兴，继续呆头鹅一般站在那里，石田三成见这领主实在蠢笨，终于又提醒一句："五岛家的水军，还能用吗？"

这次五岛玄雅终于反应过来，连滚带爬地冲出去："我这就命令水军出海抓捕！"

石田三成摇摇头，继续把视线转向远方。

要说五岛玄雅也不可谓不尽力，五岛家统共就二十多艘能用的船，现如今在福江岛上只有八艘，五岛玄雅一口气将这八艘船都派了出来，亲自上船指挥，但等到了海上，他才发现自己已经落在了后面。

数十艘战船已经从四面八方赶了过来，五岛玄雅至少认出四家大名的家纹，忍不住吞了口唾沫，低声下令让手下人放慢速度。

"主公？"他手下的船长大为意外，"我们对这一带水域更熟悉，绝对可以追上那家伙的！"

五岛玄雅的手指敲打着扶栏，最后还是没有答应："既然他们这么想立功，就把功劳让给他们吧！"

他在朝鲜的时候就已经看清楚了，这些大佬抢起功劳来真是六亲不认，眼下数千人围攻一人，如此大好的立功机会自然更不会放过，像五岛家这种小势力贸然挤上去，被"误伤"了都没处说理去！

几家大名的水军冲在最前面的，就是毛利家的村上武吉。

这位村上武吉的人生经历也颇为丰富。

他原本就是著名的海贼，后来投靠毛利家却又一度叛离，因此招致毛利家的攻击，被小早川隆景打得溃不成军，但小早川隆景在占据绝对优势的时候停战，孤身前往村上家的本城劝降，村上武吉大为感动而重新归顺。

后来他又因为违反丰臣秀吉的禁令几乎丧命，也是小早川隆景说情才免去一死，可以说他对毛利家的忠诚中至少有一半是出于对小早川隆景的尊敬。

但是现在，小早川大人居然不在了！

作为毛利家的重臣，村上武吉自然清楚真相，什么重病缠身都是假话，小早川大人就死在这群明国密探手下！

得知消息后，村上武吉把凶手恨到了极处，故而也是武将里响应追缉令最积极的一个，只恨自己不能插上翅膀奋力飞到前面去！

"前进！"村上武吉咆哮着，"要是让他跑了，我就把你们全部丢下海喂鲨鱼！"

在他的拼命催促下，村上水军的战船很快便越过了其他的船只。

眼见得离前方小舟也只有十几丈距离，村上武吉兴奋得大叫："放箭，用火箭！给我射死他！"

只是他喊得起劲，弓箭手们的战绩却实在令人失望，射出的箭矢软弱无力，连十丈都难以达到。

村上武吉气得暴跳如雷，抓住身边的弓箭手吼道："你没有吃饭吗？你的箭怎么才射出去这么点儿距离？"

弓箭手吓得脸色惨白，但还是拼命辩解："大人，起风了！风暴要来了啊！"

村上武吉呆了一呆，这才注意到天色不知道什么时候已经阴暗下来，半边天空被乌云占据，而迎面吹来的风正逐渐增强到令人不安的程度！

村上武吉本是在海上驰骋多年的老水手，换作平时早就注意到问题所在，但今天实在是被仇恨冲昏了头脑，压根儿没往这方面想，现在他才反应过来：毫无疑问，一场巨大的暴风雨马上就要席卷这里，而自己的船只是匆忙出海，完全没有做好对抗狂风巨浪的准备，如若珍惜生命，现在马上返回福江岛才是正确的选择。

但是望着前方似乎触手可及的敌人，村上武吉的脸色变幻不定，片刻后终于下了决心："只差一点点了！追上去！撞沉它！"

老大下了命令，水手们只能照办，眼见得风暴将至，村上的水军还在穷追不舍，后面几家大名的武将一边下令自家船只减速，一边开始佩服起来："村上这个家伙……真是要玩命了吗？"

但洪天罡回头看了看逐渐逼近的战船，脸上只露出一丝冷笑。

就在村上武吉的船离小舟只有几丈距离时，洪天罡突然高高跃起，直扑后方战船！

这一下兔起鹘落，双方距离又近，再借大风之势，当真是迅雷不及掩耳，战船上的人还没反应过来，洪天罡已经跃上了甲板！

船上的水手这些日子是见识过洪天罡的本事的，全都吓得后退。

只有村上武吉大喜过望，拔出刀来大叫："我要为小早川大人报仇！"

洪天罡冷笑一声，一刀砍翻一个最近的水手，便向这个盔甲华丽、一看就是大将的家伙冲了过去。亏得村上武吉身边有两个反应快的家臣，一把抓住自己主公就往后退，还不忘下令："铁炮队！射击！"

一时间甲板上硝烟弥漫，惨叫声不绝于耳，洪天罡穿梭在水手和士兵中，刀光剑影，挡者披靡，转眼间甲板上的人已经倒下一片，唯独没有看到村上武吉，原来此时家臣已经把他拖到了船尾："大人，不要意气用事！"

"什么意气用事？"村上武吉怒道，"我不会放过这老头！我要拿他的脑袋去祭奠小早川大人！"

"大人明鉴，我们军力不足，还是等其他船只上来后再说吧！"

就在此时，洪天罡已经出现在过道上，朝他们急冲过来！

"保护大人走！"一个家臣咬着牙，拔出佩刀迎上去，"受死吧！"

洪天罡自然不会留情，迎面给这死忠家臣一刀，顺便踢了他下海，但就因为这一耽搁，另一个家臣已经抓着村上武吉跳进了海里——连继续在船上躲藏的信心都没有！

洪天罡微微一哼，转身又杀了回去，对方不过是一个普通的日军将领罢了，还不值得他专门追杀下海，更何况现在有更要紧的事情去做。

村上水军的其他船只就跟在旗舰后面，早看到自家大将落海的一幕，忙不迭地放下小船把村上武吉救起来，而此时村上水军的旗舰已经升起风帆，在风浪中急速向前！

"这家伙……他是要抢我们的船出海！"刚刚被捞上小船的村上武吉大惊失色，"不能让他得逞！"

暴风雨还会逐渐增强，以日本水军的实力可没法儿在惊涛骇浪中一直追击下去，一旦在大海中失去对方踪迹，那便休想再找到了——几千大军在海上追捕一个人，如果最后还让对方逃脱，这要如何向京都交差，更不要提石田三成现在就在福江岛亲自督战！

一念及此，不只是村上水军，就连其他大名也慌乱起来，但海上本就移动不便，加上现在风急浪大，连箭矢都射不到船上，眼见那艘船的距离从几丈变成十几丈，并且越来越远，村上武吉急得直捶船舷，却无计可施。

还好这时候几只大风筝飞了过来，穿过风浪直向旗舰飘去，已经有眼尖的人认出来："忍者，是甲贺的忍者！"

"这群忍者这时候倒也有点儿用处！"村上武吉稍微松了口气，"不是我杀死的也无所谓，那个明国密探决不能活下来！"

风浪越来越强，伴随着雷电，暴雨倾泻而下。

洪天罡回过身，眯起眼睛道："这种天气，也难为你们能上船来。"

他身后站着五名忍者，为首那人脸上一道醒目刀疤，答道："小人是甲贺的黑川广义，奉命取指挥使大人的首级，还请不要见怪。"

"黑川广义——我倒是听说过，甲贺最强的忍者家族黑川家，难道就是你们？"

黑川广义露出意外的欣喜之色："小人正是黑川家家主，贱名竟然能传到指挥使耳中，不胜荣幸！"

"没什么好荣幸的，你们这些小鬼。"洪天罡举起手中的绣春刀，"两国交战，传到对方耳朵里都只是恶名罢了，难道还指望我夸奖你们两句吗？不要再假惺惺的了，船都快沉了，来吧！"

黑川广义听到这话也不再迟疑，大喝一声，与其他四个人一起冲了上来！

在狂风、暴雨和巨浪间，在一艘岌岌可危、无人驾驶的战船甲板上，六个人展开了激烈的厮杀。

脚下的船体不时发出令人心惊胆战的声音，那是船的底板和龙骨在承受海水巨大的压力，但没有人在乎这个，他们的注意力全都集中在敌人身上，打起全部精神来应对这激烈战局。而他们面前这位老人，就仿佛是无法战胜的战神！

只是片刻之间，五个忍者就已经有三个被劈倒，其中两个倒霉家伙还没断气的时候就掉进了海里，黑川广义也被一刀斩断左手，脸色苍白的他依然不退，洪天罡一言不发，借着船体的一次颠簸跃起，便要将这黑川家家主彻底解决。

但就在这时候，一声巨响自船尾传来！

一个黑色物体破空而至，一路上势如破竹，将整艘战船几乎撞了个对穿，最后落到甲板上，砸了一个大洞后消失在了船体里。

因为这一击，洪天罡也不得不中途转了个方向，落在甲板另一端："炮弹……看来他们终于等不及了。"

虽然此刻已经风高浪急，天色晦暗，但依然可以清晰地看到近百丈外有几艘巨大的战船，正持续不断地朝这边倾泻炮弹，瞬间就又有几发炮弹落到船上，这艘船顿时被砸得千疮百孔，眼看就要化为齑粉！

"九鬼嘉隆的铁甲船……"村上武吉沉着脸喃喃自语，"最后还是把功劳给这家伙了！"

也难怪他满脸不爽，当年毛利家与织田信长交战，村上水军可是在九鬼嘉隆的铁甲船这里吃尽了苦头。

村上武吉对此始终耿耿于怀，但天下大势无法逆转，现在大家一起在丰臣秀吉手下效力，想报复也没处报去，眼下还得靠这铁甲船来挽回局面！

不管怎样，决不能让这明国密探逃出去！

九鬼嘉隆这次一口气带了十二艘铁甲船出来，每艘船上都配有火炮，几十门火炮此刻正不计代价连续开火，甚至有几门火炮因为海面颠簸，致使炮手操作失误直接炸了膛，当场人员死了一大片！

就在这连续不断飞来的炮弹中，洪天罡敏捷地在船上穿梭躲避，而黑川广义和另一名幸存的忍者此刻却不知去向。

眼看这船就要分崩离析，洪天罡眉头一皱，跃上一支桅杆，试图找到出路——如果记忆不错的话，这船上应该还有逃生用的小船。

这时候又有一发炮弹飞来，看轨迹正要撞断这支桅杆，洪天罡便要纵身避开，但就在他刚要跳起之时，一条人影猛地扑了上来！

"一起死吧，指挥使大人！"原来是黑川广义死死抱住了洪天罡的双腿，满脸都是狰狞的笑容。

洪天罡还没来得及说话，炮弹已经飞到了面前，黑川广义的下半身顿成齑粉，但他依然没有松手，两个人就这样朝下坠去,而在他们身下,便是正在炮火中四分五裂的船只和巨浪滔天的幽深大海!

一道闪电自天际划落,恰好映照出那艘战船的最后一块被炮弹撕碎的景象,只见碎片满天飞舞,依稀还能看到一些人体被抛到空中又落下。转瞬间,一切就又被巨浪吞噬了,没有留下丝毫痕迹。

"死了没有?那个明国锦衣卫死了没有?"村上武吉整个人都趴在围栏上拼命往前方打量,恨不得自己的脖子再长个两三尺,但暴雨倾盆而下,连眼睛都要睁不开,在这个距离上又能看出什么呢?

"大人,大人!"他的部下这时候都冲上来,抱住村上武吉的大腿苦苦哀求,"我们必须返航了!我们的船经不起这样的风浪!"

村上武吉愣了一会儿,不甘心地问左右:"那家伙会不会死?"

"会死的!一定会死!没有人能在这样的暴风雨中活下来!从来都没听说过!"一个家臣抹了把脸上的雨水,大声叫道,"何况那只是一个筋疲力尽的老头!大人,再不走,我们就要给他陪葬了!"

村上武吉呆呆地注视着眼前的惊涛骇浪,在这天地伟力面前,他的船不比一块破木板更安全——确实是不可能有人活下来!

唯一遗憾的,就是无法将对方首级割下来了吧!他又回头望了一眼,发现除了村上家的船队还在周围,其他大名的船早就撤得一干二净了,就连九鬼家的铁甲船也只剩最后一点儿模糊的影子。

正如家臣所说的，暴风雨已经覆盖了整个海域，且有愈演愈恶之势，就算是日本最好的战船也要退避三舍，即使有人侥幸从刚才的炮击中生还，又怎么可能在这种风浪下脱险？

"走吧，回去。"村上武吉低声说，"我们的任务完成了。"

第四章 锦衣少年图大业

大明最强的精锐部队,长矛上的那抹夺命幽蓝,圆盾上的那只坚固把手,锦衣飞鹰,就是自己了!

锦衣飞鹰全军覆没的消息是在一个多月后传到北京城的。

传来消息的是一队琉球商人，他们从日本那边得到的情报并不完整，但"明国密探无一生还"这一点确认无误，甚至还有"一名老密探被追杀到九州海外，葬身风暴"这种细节。

消息迅速传到了北镇抚司，当时便是一屋寂静无声。

"怎么可能？"片刻沉寂后第一个跳起来的就是易平安，"洪老大怎么可能——不，哪个教头都不可能！倭寇什么本事，我们又不是没见识过！就算是千军万马，又怎么可能让他们全军覆没？"

"这次他们面对的可真是千军万马。"北镇抚司千户陈姚沉着脸道，"不知道为什么，洪老大他们去了名护屋城，那可是日本最大的军事重镇，至少驻扎有几万人马！而且他们真的和守军大干了一场……九个人啊！"

"怎么是九个人呀？"刘旭辰诧异道，"我记得可是有十三个人出征呀！"

"根据最后一次通报，他们前往名护屋之前就只剩下了九个人。"陈姚顿了顿，继续道，"洪老大暗示，内部有人泄密。"

"叛徒！"这一次就连骆剑峰都坐不住了，"能知道洪老大他们动向的人，身份都不一般，居然有这样的人勾结日本？"

陈姚看他一眼："你当初抓回来的那个沈惟敬身份也不一般，不还是勾结日本？"

易平安烦躁地抓了抓脸："我们现在应该做什么？"

"事发突然，现在还没有进一步的指令。"陈姚说着，伸手指了指房间，"但是为了以防万一，你们这段时间不要乱跑！"

易平安和大家一样点头答应，只是陈姚前脚刚刚出门，他就跟着要溜出去，骆剑峰连忙叫住他："你要去哪里？"

"洪老大出了事……"易平安抓抓脸道。

听到这句话，骆剑峰愣了一下，最后叹了口气："记得早点儿回来。"

一屋子的人都马上想到了是谁会心情不好。

易平安有锦衣卫身份，又在上次的三皇子事件中混了脸熟，如今进出紫禁城无碍，他很快便进了宫门，一眼便看到站在广场上发呆的洪采薇。

"洪姐姐——"易平安一溜烟跑过去，"你没事吧？"

洪采薇抬头看了他一眼，表情中带有一丝淡淡的忧伤，但令易平安意外的是，洪采薇看上去竟是担心比忧伤更多一些。

"平安，你有事吗？"

洪采薇这样的问法，倒是让易平安有点儿不知所措："那个，我听说……洪老大……呃，洪指挥他……"

"祖父的事情我已经知道了。"洪采薇的语气却是意外冷静，"他在出发之前就对我有过交代，所以也并非全无准备……只是惨烈程度依然出乎我们当初最坏的想象，竟然无一人生还！"

易平安也吃了一惊："洪老大他知道会出事？"

"京城内的局势在祖父出发之前就变得非常复杂，然而皇命难违。"洪采薇低声道，"他是做好了不能返回的心理准备的。"

"那……洪老大有没有说过，如果出现这种状况应该怎么办？"

"现在唯一能信任的就是关敏公公，不过他现在处境也不妙。"洪采薇叹了口气，"只怕到了最后，还是只能靠飞鹰自己。"

易平安诧异道："但飞鹰不是都……"

洪采薇看了他一眼，无奈地摇摇头。就在易平安想自己是哪句话说错了的时候，洪采薇伸出手指，轻轻点着他的肩："你还没有意识到吗？平安，你就是飞鹰！祖父是把希望寄托在你身上的！"

易平安呆立在原地。

没错，锦衣飞鹰……这个曾经只能仰望的团体，易平安已经是他们中间的一员！

易平安低下头，下意识地看向自己的手掌。

我已经达到了教头他们的水平吗？

就凭我现在的能力，已经可以说自己是飞鹰，与他们并肩而立了吗？

他们没有完成的任务，已经可以放心交给我了吗？

仿佛是看透了易平安内心一般，洪采薇轻声道："别小看自己，你是得到了他们认可的人，你欠缺的只是一些经验——难道你以为飞鹰资格是随便混三年就能到手的吗？"

易平安茅塞顿开。

直到这一刻他才第一次清楚地意识到这件事——大明最

强的精锐部队，长矛上的那抹夺命幽蓝，圆盾上的那只坚固把手，锦衣飞鹰，就是自己了！

紫禁城，养心殿。

如往常一般倚在长椅上的大明天子朱翊钧重重地叹了口气。

这口气叹出来，殿堂上的几个人便马上跪倒在地："臣死罪！"

"行了行了，你们还嫌朕的心情不够坏吗？站起来说话！"朱翊钧不耐烦道，"要是想撂挑子，不妨明说，朕打发他去凤阳养老！"

这下没人敢矫情了，几个人匆匆站起，继续垂头等皇帝训话。

朱翊钧的手指在长椅上点了几下，若有所思道："要朕说你们什么好？锦衣飞鹰全军覆没，上次发生这样的事还是英宗皇帝的时候！日本欲行不轨之事，这已毋庸置疑，但他们的攻击方向到底是哪里，攻击计划是什么，却总得有人去探听才行，现在洪指挥遭遇不幸，金悦，司礼监能不能接过这个担子？"

金悦连忙弯腰道："陛下，此事过于突然，司礼监还没有做好准备……实话实说，谁能想到洪指挥这样的人物，也能在日本翻了船？"

朱翊钧皱眉道："胡凌，你的东厂呢？"

"陛下明鉴，东厂的主要人马也是由锦衣卫调任的。"站在一边的胡凌一脸苦相道，"飞鹰本就是锦衣卫里最强的成员，臣……实在不认为，在东厂里还能找出和飞鹰一样强的人去执行任务，牺牲一些人手倒在其次，只怕让那丰臣秀吉产生警惕，如果得到的是假情报，对国家大事反而有害。"

"刚才方从云也是这么说，锦衣卫力有未逮……"朱翊钧说着，语气变得森冷起来，"我堂堂大明，人口千万，竟是找不出能去日本探听消息的人才了？白白养着你们这些厂卫，有什么用？"

这话说得就有点儿重了，金悦连忙接口："陛下息怒，其实还有一个法子可以一试……只要方大人点头，再派一批飞鹰去就是了！"

朱翊钧问："嗯？飞鹰？不是说全体飞鹰都跟着洪天罡在日本殉国了？"

"陛下，这话在洪指挥出征的时候是没错的，但天无绝人之路啊。"金悦道，"洪大人走后大约十日，新一批飞鹰已在北镇抚司造册，换句话说，现如今，锦衣卫还有一批飞鹰可用！"

"金公公，且慢！"方从云终于不能再沉默了，"这些新人获得资格还不到一个月，如何能与洪指挥他们相提并论？"

金悦面不改色道："虽然是新人，但那也是获得了洪指挥他们认可的飞鹰！既然是飞鹰，那为什么不能去执行任务？方大人，该不会因为你也是飞鹰出身，所以想保下自己的后辈吧？可不要感情用事才好！"

旁边胡凌也跟着加了把火："方大人，我可听说，本来不必出动洪指挥，是你立功心切，觉得只要洪指挥出马就万事大吉，逼着他们去的日本……"

"胡厂公，你……"

"够了。"朱翊钧不耐烦地打断了众人，望向方从云，

"方卿家，现在那批新人，就是所有的飞鹰了吗？"

方从云不敢否认："回禀陛下，新飞鹰一共十七人……这是飞鹰的最后力量！"

"十七人……不算多，但也不算少了。"朱翊钧自言自语着，随意摆了摆手，"朕再想想，你们先退下吧。"

众人皆躬身后退，但出门的时候听到身后传来："金悦，你且留一下。"

方从云顿时心头一沉。

金悦却立马脸上堆满了笑容，动作敏捷地转了回去："臣遵旨。"

养心殿的大门缓缓关上，天子与金悦在里面说什么无从得知，外面胡凌和方从云却连看都不看对方一眼，就各自转身离去——厂卫从来都是关系不睦，现在一个东厂厂督，一个锦衣卫指挥同知，凑在一起能有什么话说？

只是方从云虽走出了一段路，脸上的表情却越来越阴沉，一路上遇到的侍卫、太监、宫女都退避三舍，生怕触到这位锦衣卫指挥同知的霉头。他径直离开紫禁城，上了自家马车，对车夫道："去柳丝胡同。"

柳丝胡同，在北京城内只是一条再普通不过的巷子。

或许曾经辉煌过，但那也是一百多年前的事了，现在这里只是一群伤残退休又无处可去的老锦衣卫打发余生的养老地而已。

方从云走进大门，三年前在院落里对弈的两位老人已经只剩下其中一位。这位老人倚靠在躺椅中，努力想要看清来人是谁，却始终不能如愿，只能翕动着牙齿掉光的嘴，含混不清地问："是什么人？"

"我是方从云——没事的，江老爷子，您老就好好休息吧。"

少了左手的江老爷子已然想不起谁是方从云，但听到对方能喊出自己的名字，顿时放下心来，继续晒太阳去了。

方从云走进这处宅院的最深处，颇为意外地挑了挑眉毛。

宅院最深处此刻本应空无一人，但现在祭奠逝去飞鹰的英灵墙旁边却站了足足三排人，最前面那位高挑女子刚刚向前方灵位敬上三炷香。

洪天罡、柳随风、张全辉、苏春、李定……这些曾经意气风发的人，现在只剩下名字留在此处。

"洪指挥的灵位是昨天晚上才做好的。"方从云等洪采薇上完香后才开口，"采薇，节哀顺变。"

洪采薇只是无声地点点头，而这时候所有人都向方从云这边看过来，纵使是以方从云现在的心思，也忍不住心头微微一震。

"洪指挥他们不在了，但飞鹰仍在。"方从云尽量用平缓的声音道，"将来就靠你们了。"

骆剑峰走了出来，语气与面容同样坚定："方大人，我们现在应该做什么？请您示下！"

听到这句问话，方从云也只能无可奈何地叹口气："事关重大，需要等候天子的谕旨，现在你们要做的就是先准备好，一等令下便马上行动。"

众人寂然无声，只轮流向灵位上香，方从云也在洪天罡的灵位前拜了两拜，他始终面无表情，周围的人都以为他是强忍悲痛。

但若真有人能看穿他的内心，便会诧异地发现这位指挥同知的心中无悲无喜，甚至连一点儿情绪波动都没有，只剩下黑暗一片。

祭拜完毕，方从云领着一群年轻人走出门来，却正好撞到几个人急匆匆走进院落，看见方从云后，为首那人顿时满脸笑容："方大人果然在这里，真是让人好找啊！"

方从云微微皱眉："金公公，找方某有何指教？"

来人正是司礼监金悦，他望望方从云身后的易平安等人，一脸虚假的笑容："来和方大人打个商量——这批飞鹰，不如暂且归东厂如何？"

"你说什么？"方从云还没说话，骆剑峰已经怒吼出声，"我们是锦衣卫，你一句话就要我们去东厂？"

也难怪骆剑峰反应如此强烈，实在是东厂名声太坏，再加上当初东厂就是为监视锦衣卫而创立，天生压锦衣卫一头，甚至多次出现对锦衣卫呼来喝去的情况，厂卫之间势同水火不是一年半载了，金悦这话说出来，就和提议"你们来给我当狗如何"没有区别！

方从云脸色阴沉："金公公，你这是什么意思？虽然锦衣卫常常被借调去东厂，但东厂使用飞鹰可是没有先例。"

金悦笑道："虽然没有先例，但也没有禁止啊。现在形势不妙，我们这些做臣子的，应该想着为陛下分忧，方大人何必阻挠？"

方从云冷冷回应："要分忧就必须把飞鹰给东厂？"

"连洪指挥都栽了，飞鹰还能做什么？"金悦皮笑肉不笑道，"为今之计，难道不是应该厂卫精诚合作，看看还有什么补救之法？"

骆剑峰忍不住接口道："不劳东厂费心，飞鹰还没有死绝！洪指挥他们没有完成的任务，交给我们就是！"

金悦看他一眼："我在和你上官说话，几时有你插嘴的余地了？若是在司礼监，你早就因为不守规矩拖下去掌嘴了！"

骆剑峰气得脸色涨红，但方从云还是挡在了他前面："金公公，跟别家下属计较小事，有失体统吧？"

"那我们就来说大事吧，陛下给了口谕，既然飞鹰失败，那就由司礼监负责这件事，不然方大人你以为我发了疯，跑过来跟你们要飞鹰？"金悦盯着方从云，慢悠悠地开口，"看在以往情面上，我也不愿意强人所难，方大人，你来选吧，是让司礼监来，还是你们自己去解决这件事？"

方从云默然无语。

洪天罡任务失败，断没有就此打住的道理，必须派人继续使命，而现在最适合的人选，确实是飞鹰无疑！

真是一时大意，竟被这死太监逼到一个尴尬境地！

"飞鹰入东厂，并无先例，也不符合历代先帝组建飞鹰的本意。"洪采薇突然走了出来，冷冷地望着金悦，"金公公，祖父虽然不在了，但知道这事的贵人也还有，正好我这段时间在慈宁宫当值，可要替你禀告一下慈圣皇太后？她老人家想必还是会卖我这个面子。"

金悦脸上的笑容终于扭曲起来："洪女官，这种事惊烦皇太后，成何体统？如今皇命在上，既然你们不愿意飞鹰并入东厂，总要拿一个法子出来吧？"

洪采薇平静道："如若只是要取回日本的情报，我去足矣。"

不只是金悦目瞪口呆，就连方从云也愕然看向她："洪女官，此事重大，休要随意胡说！"

"方大人放心,我自然有所准备……"

"洪姐姐,不管怎么说,你自己去日本探取情报也太夸张了。"一直沉默无话的易平安插嘴道,"这是我们飞鹰没完成的事情,如果你要去,那么算我一个。"

洪采薇略为意外地看向易平安,但这次她没有阻拦,而是微笑道:"好!"

"平安,你这也太狡猾了呀!"刘旭辰也从人群里走出来,"这是我们正式成为飞鹰的第一项任务,你一个人抢风头是不是不大好呀?"

紧接着,朱亮、冯柱、梁耀雷……

一个个稚嫩的飞鹰走上前来,他们的脸上充满了自信和坚定,就好像这只是一次普通的训练而已:"我们也愿意同行!"

方从云眉头紧锁,只是死死盯住骆剑峰:其他不懂事的小鬼也就罢了,骆剑峰,你刚才应该已经看出来,我是无论如何不愿意你们走这一趟的。至少你应该站在我这边,不要跟着起哄!

骆剑峰也直视着方从云,但他的眼中同样燃烧着炙热的火焰,就算他注意到了方从云的暗示,也依然踏出了那一步!

十七名年轻飞鹰,全部站到了洪采薇身后,无一人缺席!

"好好好,不愧是飞鹰!陛下知道了也一定会龙心大悦!"金悦尖声大笑,转身就走,"我这就向陛下报喜去!方大人,我等着你们的好消息!"

等金悦和他的随从们离开,方从云的脸色终于彻底沉下来。他看着面前的年轻人,冷冷道:"你们到底想做什么?"

"刚才就说了啊,洪老大没完成的事情,我们来做。"易平安抓了抓脸道，"方大人，现在探取日本情报是锦衣卫头号任务，除了我们，还有谁能完成这项任务？"

方从云冷哼一声："你们以为自己有多少斤两？连洪指挥他们都失败的任务，以为自己能顺利完成？"

易平安却咧嘴笑道："话是这么说，可如果连我们都不行，又还有谁做得到？"

这句话再次问住了方从云。

纵使初出茅庐，纵使还未建功立业，但只有他们是正式的飞鹰！

飞鹰都做不到的事情，还能指望谁去完成？

"其实，也不一定要拿洪老大他们的经历作为对比，我们这次遭遇的局面，想必和洪老大他们所遭遇的情况是截然不同的。"易平安见方从云脸色不善，连忙又补上两句，"一来，以洪老大的谨慎，怎么会贸然在名护屋这等重镇现身？二来，既然他能一路逃到福江岛才被追兵追上，飞鹰就算是一时不慎显露了踪迹，一心想逃的话也不至于遭受那么大的损失——所以，我认为洪老大他们一定是由于某个原因，才选择了和日军硬碰硬！"

这番话说出来，众人皆面上变色："平安，会是什么原因？"

"我又不是诸葛亮，怎么会知道是什么原因？"易平安没好气道，"我只能确定一点，以洪老大的作风，绝不会贸然行事，他一定会留下什么线索给我们！而这才是我们应该找出来的！"

洪采薇沉默片刻，接话道："易平安，至少有一点你说得对，祖父临出发之前曾经向我交代了一个秘密——他知道自己很可能回不来，所以一旦发生意外，他会把情报藏在某处，等我们去拿。"

就连方从云都差点儿跳起来："洪指挥当真这么说过？"

洪采薇点了点头："这段时间飞鹰一直遭到针对性攻击，祖父怀疑朝中除了沈惟敬外还有人与日本勾结，而且品级不低，但此人隐藏极深，一时无从查找。他本打算主持完飞鹰资格考试后便着手调查，然而天子已经先下了旨意，只能以国事为重，前往日本之前，他便向我交代说，如果他出了意外，便由我去把情报取回来！"

"这便是了！"易平安击掌道，"洪老大怎么可能轻易暴露目标，还闹得全军覆没！如果没有拿到情报，洪老大绝不会这么干！"

洪采薇眼中异彩闪动："平安，你也认为祖父已经取到了情报？"

"不错！"易平安以肯定的语气回答，"而且很可能已经把情报放在了和你约定的地点！"

"既然知道情报所在，那何须你们去？"方从云皱眉道，"锦衣卫里虽说没有能和飞鹰相提并论的人，但只是去确定地点获取情报的话，也没那么麻烦吧？我另外派人去就是了。"

洪采薇却摇了摇头："方大人，不是我不信任你，但既然高层里可能有奸细，那么你派出去的人便难以保证其可靠，还是我亲自去比较妥当。"

易平安也附和道："虽然我不知道洪指挥把情报藏在哪里，但他既然是出海之后就遇难……那他定是把情报藏在了日本，如果地点被奸细泄露，那日本人定会比我们先拿到情报，还可能来个瓮中捉鳖——那时候可就真的是要全军覆没了！"

"但是——"

"方大人！"这次连骆剑峰也站了出来，对方从云深施一礼，"既然外有奸细，能依靠的只有我们，所以就派我们去吧！大人，我们已经是飞鹰了，请相信我们吧！"

方从云望着眼前的年轻人，突然眯起眼睛。

不知不觉，已经三年了。

三年前他们还是尚显稚嫩的少年，现在已经成为朝气蓬勃的飞鹰。尤其是面前这个年轻人……已能依稀在他身上看得出他父亲当年的神采。

三年前在风雪中迸溅出的鲜血，似乎在一瞬间扑面而来。

"你说得对。"方从云缓缓道，"你们已经是飞鹰了。"

洪采薇吐出一口气，向方从云施了一礼："我先去安排出行事宜，方大人，告辞。"

方从云点了点头，再看向易平安等人，冷哼一声："你们还愣着干什么？难道还等着我给你们收拾行李？"

若是以前，易平安只怕早就欢呼一声跳了起来，但这次他没有嬉皮笑脸，只是肃容和其他同伴一起行礼，而后走出门去。

骆剑峰还是拖在了最后，等同伴们全都离开，他才走到方从云面前，再次行礼："方大人，我……"

"我知道。"方从云打断骆剑峰的话，伸手拍了拍他的肩膀，"是我想太多了，毕竟你们也是飞鹰……洪指挥想必也不愿意你们畏惧风雨，飞鹰总是要历经磨难的，所以放心去吧！"

骆剑峰脸上现出激动之色："是！"

"……不过，还有一点，"方从云突然举起一根指头，

"剑峰，等洪女官说出目的地之后，我要你尽快报告给我！"

这个要求让骆剑峰忍不住愣了一下："但是刚才洪女官说……"

"洪指挥怀疑高层有奸细，这个我也想到了。但更重要的是我要把你们接回来！洪指挥就是因为无人接应，只能望洋兴叹，功亏一篑……现在日本那边的防范必然更严，我必须为你们安排好返回的接应人马，绝不能让你们在海外孤立无援！"方从云诚恳地说道，"至于说奸细……你直接按我布置好的方式报告，还能泄露到哪里去？难道我还会是奸细不成？"

骆剑峰连忙点头："明白了，我这就去与他们会合，一旦有消息，一定马上回报大人！"

方从云满意地捶了他肩头一拳："我真是没注意到，你已经是小伙子了……好好努力吧，若是能完成洪指挥未竟之事，天下谁还能小看你！"

等所有人都散去，院子里重新变得空空荡荡，一直在角落里打盹的江老爷子突然打了个喷嚏，睡眼惺忪地揉了揉眼睛，咕哝道："奇怪……刚才怎么梦到……老洪来跟我告别？"

接下来几日，易平安等人都没有闲着。

首先便从行人司、四夷馆等负责大明对外事务的地方翻出了有关目的地的资料，地图和风俗更是反复考证，还专门找了曾前往过日本的人询问详情，虽然他们将真正的目的地掩盖得非常好，但方从云还是很快就接到了密报。

"福江岛，洪天罡最后的出海之地！"方从云哼了一声，将那张小字条丢给青木千夏，"虽然不知道具体在什么位置，但整座岛就那么大一点儿，飞鹰最后的力量就只剩这样一群小毛头，可别说你们解决不了！"

青木千夏也露出了意外神色："洪天罡藏情报的地方竟然是福江岛？竟然选在这么远的地方？"

"以这位洪老大的性子，应该是打算尽量让后来者避免深入日本，从而最大限度避免风险吧。"方从云冷笑道，"这个地方是他出行前就和洪采薇约定好的，他显然是对自己到达约定地点有足够自信的，而你们——还真让他做到了！"

青木千夏哑口无言，过了好一会儿才苦笑开口："飞鹰的指挥使，真实实力果然出乎我们意料。"

"我已经给了你们狙杀最后几个飞鹰的机会，你们答应我的事，索性一起办了吧。"方从云突然想起什么似的，抬头望着青木千夏，"你还记得是什么事吗？"

"妾身当然记得，"青木千夏思忖片刻，依然有点儿犹豫，"这么快就要对他动手吗？"

方从云语气阴沉："金悦已经公开和我撕破脸了，再放任他这么上蹿下跳，连皇帝对我的信任也会受到影响！我会趁这次飞鹰出击，拟订一个计划把他暂时骗出去，但是执行的人手就要靠你们甲贺忍者了。"

青木千夏郑重其事地点了点头："妾身一定会以最快的速度将消息传回日本。"

"听好了，从今天开始一直到出发，所有的事情都不许外传！"骆剑峰表情严肃地望着羽少营众人。

而这一次就连易平安都没提出反对意见，反倒赞同道："现在我们都不知道那个奸细到底在哪里，身份为何，搞不好稍微泄露一点儿，就有几万大军在福江岛上等着我们！这可不仅仅是性命攸关，还将关系到朝廷军国大事，大家都打起精神来！"

此时众人已经搬离北镇抚司，转而将京城外一处四卫营的空闲营地作为据点。

关敏虽然不在其位，但他好歹也在御马监老大的位置上坐了十来年，四卫营主官大多曾是他的下属，加上飞鹰是奉命行事，这个面子还是要给的。

知道这次出征凶险，众人都打起了十二分精神，连骆剑峰也与几个同伴一起检查紧要装备——不管之前分歧多大，现在既然愿意一起同赴险地，那便应该是生死与共的兄弟，锦衣飞鹰从不做拖战友后腿之事，这一条可是被教头们拎着耳朵唠叨了三年！

"你们都干什么呢？赶紧过来帮忙搬东西！"就在说话间，大门猛地被撞开，腾岳道人满脸不高兴地站在门口，背后则是一大车的物件，"道爷我认识你们真是倒了八辈子霉，被徐秀才使唤了以后被锦衣卫使唤，被锦衣卫使唤了以后又被太监使唤！啥时候是个头！"

众人相视而笑，这道士因为其改装内厂器具机关的本事卓绝，被关敏和马征海通过锦衣卫的门路特意找回来，专门替大家搬运内厂的各种设施，还要顺便帮他们调试改进，故而一直抱怨连连。

不过抱怨归抱怨，腾岳道人手上的事情从来没耽搁过，与羽少营的人，关系也都相当不错，大家一看到他，便纷纷招呼道："道长，今天怎么来晚了一个时辰？莫不是又去烤羊肉吃了？"

"天天都是一身膻味儿，灵济宫的道长们如何容得下你？"

"道长，大热天的吃羊肉不怕上火吗？"

"都住口！"腾岳道人恼怒地一挥袍袖，"道爷擅长的就是养生之术，怕什么上火……且慢，被你们绕晕了！听好了小鬼们，今天这是最后一趟了，接下来你们最多只有五天，给道爷把这些东西都用熟了！道爷就算吃点儿亏，这五天陪着你们！"

易平安诧异道："五天？"

"虽然不知道你们要做什么，但关公公特意叮嘱过了，越快越好。"马征海跟在腾岳道人背后走进来，"想来你们知道事情原委，就不用我多说了吧？"

腾岳道人哼了一声："还不是怕擅自挪用内厂的物品这事儿暴露？道爷我倒是没关系，大不了回兰州继续吃羊肉，但若是被司礼监的耳目知道，只怕那位关公公和这位马公公要吃不了兜着走！"

马征海苦笑道："倒也不至于多严重，不过我和关公公能遮掩的时间，五天已经是极限了。"

易平安目光闪动，以马征海的性格如此说，五天只怕也是非常勉强，看来这几天只能加把劲了，不过他还有两个疑问："马公公，这几天我们都躲在这里，对外界情况不大清楚，洪女官和关公公在做什么？"

腾岳道人先插嘴道："这问题道爷我早问过了，这个姓马的也一问三不知，关敏口风严得很，只说在为你们这些小鬼做准备罢了，所以废话少说，赶紧操练！"

易平安兀自不甘地转着眼珠："但是话说回来，我早听说，方大人与关公公的关系不好，而司礼监和御马监也是互相看不顺眼……马公公,你们现在已不在御马监,这样去搬空内厂仓库,锦衣卫和东厂都好似没看到,这也不大正常吧?"

"你这小鬼,疑心病倒是重!"腾岳道人撇嘴,"东厂我不知道,反正这几天我去北镇抚司都没见着方大人,似乎在忙着什么。"

马征海也道:"东厂那边的情况跟这儿差不多,金悦与胡凌注意力都不在京城,所以我才说能瞒五天。"

"这就有意思了……"易平安抓抓脸,"方大人倒还可以理解为在调查内奸之事,那群死太监是有什么阴谋……啊,马公公,我不是说你!"

马征海无奈地摇摇头:"我先回宫了!"

说是有五天,但谁都知道不可能真的用五天来准备,且不提地图、行动路线和计划被反复推敲,就是腾岳道人改造过的那些内厂器具机关,也是多了不少"惊喜",能喷烟的,能爆炸的,能连发的,能定时的,能灭火的,能浮水的……易平安实在是很辛苦才忍住自己的手痒难耐,不把这些小玩意儿组合起来玩个大的。

在羽少营全神准备的这几天里,其他几个地方也没闲着。

尚膳监外,正闲坐喝茶的关敏抬起眼皮,只见穿着便服的马征海远远走来:"大人。"

关敏示意马征海坐下,压低声音问道:"这几天辛苦你了,外面情况怎么样?"

"易平安他们几个一直没有出门,在进行最后的准备,洪女官联络船只的进展也还顺利……"马征海说到这里顿了一顿,"洪指挥虽然不在了,但是还是有很多人感念他的人

情。"

"老洪这么多年在锦衣卫自然不是白干的。"关敏嘀咕了一句,又抬眼看了马征海一眼,"还有呢?"

马征海一本正经道:"还有就是如雨姑娘……非常老实。"

听闻此言,关敏的眉头却皱了起来:"老实?"

"对,异乎寻常地……老实。"马征海回答,"据邻居说,她这几天乖乖待在家里,连房门都没有出。"

关敏沉默片刻,问道:"这丫头现在这个样子,你放心吗?"

马征海苦笑起来:"老实讲,完全不放心。"

关敏也摇了摇头,叹道:"是啊!她哪里有过这么老实的时候!现在这种敏感时期,她一点儿反应都没有,我反而觉得心里没底!"

"那……我要不要再盯紧她一点儿?"

"不用了。"关敏摇摇头,"只要瞒住她,瞒过今晚就行。"

"今晚?"马征海一愣,"今晚易平安他们就出发?"

关敏叹了口气:"没错,这事情还是瞒着如雨好……我可不想女婿没捞着,再把女儿也搭进去。"

马征海吓了一跳:"大人,易平安他们也不一定会失败啊!"

"连洪天罡那老家伙都搭进去了,能好到哪里去?"关敏呆呆地望着天空,"征海,我有很不好的预感……"

夜幕很快降临了。

洪采薇推开那座大院的门时，一眼便看到易平安、骆剑峰正站在院落里，而在他们身后，则是另外十五名背好行囊的年轻人。

"都准备好了？"洪采薇低声问，不过她马上醒悟过来这是废话：没准备好，他们是站在这里练功吗？

"赶紧的，都带走吧！"腾岳道人蹲在角落里不耐烦地挥手，"道爷少记得几个，到时候也少超度几个！"

易平安闻言抓抓脸："道长，我们也不一定会死的。"

"虽然道爷没去过日本，但洪天罡的本事我却是见识过的，你这大话说得太早。"腾岳道人哼了一声，"小子们，记住了，无论如何……不要全死了！至少留个招魂的，别都做了孤魂野鬼！"

羽少营众人都是一笑，向腾岳道人郑重其事行了一礼，随即走出门去。

在他们身后，传来了腾岳道人轻哼的调子，却有些耳熟："苍苍丁零塞，今古缅荒途。亭堠何摧兀，暴骨无全躯……"

洪采薇早在前方备好坐骑，众人纷纷跳上马去，冯柱赶到易平安身边，忍不住悄声道："还真是都不看好我们能活着回来啊！"

易平安看他一眼："若真的死在日本，当了他乡野鬼，你怕不怕？"

冯柱咧嘴笑了起来："这些日子读前辈们的档案，死在他乡的只怕占了八成，有谁怕过？我要是真的死在了日本，就算变成鬼，也要扰得他们家宅不宁！"

易平安对这句话深以为然："说得好，搞不好还能和洪老大他们再大闹一场！"

"你们想怎么死,我管不着。"一直跟在后面的骆剑峰忍不住插嘴道,"但是你们须得记住一件事——我们是去取情报,不是特意送死,若真的全军覆没,谁把情报送回来?"

易平安扭头看他:"你的意思呢?"

"骆剑峰,你这次跟上来,好不容易让我对你高看一眼,现在你可千万别说什么'无论如何,我是要活着回来的'之类的话!"

"若真的到了危险万分,可能全军覆没的境地,无论如何……"骆剑峰顿了一顿,"我们就是拼了性命,也要让洪采薇突围!"

这次易平安盯了骆剑峰半晌,异常认真地点了点头:"飞鹰的事情,让飞鹰来做!"

"你们在说什么呢?"队伍最前面带路的洪采薇回过头来,"抓紧时间,我们还得赶几天路才能出海!"

队伍随即沉寂下来,在幽暗的夜色中,十八骑一路向南疾驰而去。

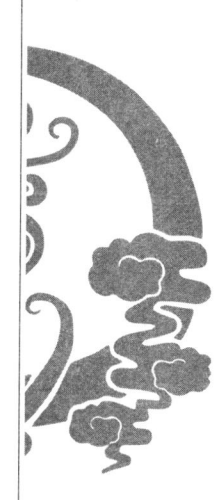

第五章 驱舟欲战取功勋

星如雨露出灿烂到极致的笑容，欢呼一声便扑了上来：「洪姐姐果然没骗我！平安，这次可不许抛下我了！」

柳丝胡同，凉亭。

"羽少营飞鹰十七人还有洪采薇，昨夜已经南下。"方从云将手中的一份情报丢给对面锦衣卫打扮的古村茂助，"接下来就看你们的了。"

古村茂助将情报仔细看了一遍之后放入怀中，笑道："大人尽管放心，我们已经安排好了一切。"

"你们那位首领大人传来的消息，却不能让我放心。"方从云冷冷道，"难道现在甲贺的力量已经不足以同时完成两场狙杀了吗？"

古村茂助沉吟片刻，微微弯下腰去："大人，实不相瞒，上次的名护屋城之战，甲贺遭受了非常严重的损失，如若要保证万无一失，还是集中力量比较妥当。"

"上次洪天罡亲自带队，你们狼狈一点儿也是可以理解的，但现在正是用人之际，我必须问清楚了。"方从云说，"现在我只关心，既然甲贺的主力会调到金悦这边来，飞鹰那边要交给谁来对付？"

"这一点请大人不必担心。"古村茂助露出一丝笑意，"那位洪指挥的飞鹰部队不仅重创了甲贺，也让各家大名损失了一批重臣，像小早川隆景这样的名将都殒身在他们手里……现在已经不是甲贺出手的问题，他们引发了大半个日本的仇恨。"

"意思是，那些正规部队要调来对付飞鹰？"方从云轻轻哼了一声，"最好不要出任何纰漏，一定要多加小心才是。行动发动以后，那群小鬼十有八九会怀疑到我身上来，所以行动一旦有任何差池，那时候可就真正不妙……你明白我的意思吗？"

古村茂助深深低下头去，连声说道："小人明白，小人明白，这次行动，我们绝不能让一个飞鹰活着回到大明！绝对不能！"

数个时辰后，司礼监内的金悦公公便差点儿跳了起来："那份情报真的和方从云有关？"金悦公公边说边紧紧抓住椅子扶手，紧盯着面前的胡凌，"你能确定？"

"是东厂埋在北镇抚司里的钉子紧急报告的，"东厂提督胡凌语气里有微微的颤抖，"金公公，真是天赐良机啊！如果这情报实实在在和方从云有关系，那洪天罡搞不好就是……"

"就是被方从云和日本人勾结一起设局害死的！"金悦公公压低了声音，整张脸都扭曲了，"方从云这厮，没想到他竟然藏得如此之深！好得很，好得很，我还正愁没有真凭实据扳倒他呢！"

胡凌毕竟是在东厂打混的，还是提醒了一句："万一这情报有误……"

金悦公公厉声道："宁可信其有，不可信其无！胡凌，你先继续派人盯着，若是那个方从云真的心里有鬼，一定会有所行动！"

但这边两个人密议还未结束，就有一个东厂番子急匆匆赶来，跟胡凌耳语了两句。

胡凌脸色顿时大变，金悦公公看在眼里，心生疑惑："怎么了？"

"我们埋伏在石碑胡同外面监视的人紧急回报，北镇抚司刚刚至少有三十人紧急出动，一路奔着城南去了，应该就是要出城！领头的人虽然蒙面，但看那身形……我敢保证就是方从云！"

这次金悦公公是真的跳了起来："果然如此！他果然要去截那情报！胡凌，你……不，这次我亲自去！带上所有能用的人，哪怕和方从云拼杀一场，只要把情报拿到手，便要这厮死无葬身之地！"

这是司礼监和锦衣卫要撕破脸了！胡凌深吸了一口气，知道这时候千万不能犹豫，便马上行礼："公公放心，我这就去安排！"

紫禁城养心殿内，万历皇帝朱翊钧好奇地看着眼前的人："方卿家，突然求见朕，是有什么要紧事？"

被金悦误以为已经出城的方从云此刻就站在皇帝面前，一脸恭敬："按陛下旨意，飞鹰已全部出动前往日本，微臣想着这次行动非同小可，无论如何也要接应一下，故而来求陛下恩准……"

"飞鹰全部出动？"朱翊钧一下子坐了起来，"谁下的命令？"

方从云一脸讶然："是……司礼监的金悦公公。他说有陛下口谕，让飞鹰全都参与进来，故而才制订了全军前往日本的计划……"方从云顿了一顿，侧头望向朱翊钧，"莫非是金公公未能体察圣意？"

"朕的确下令重新取回情报一事由他们司礼监负责，但谁让他把飞鹰全都派出去了？若是出了什么意外，若是这些飞鹰无力招架，那飞鹰岂不是就没了传承？"朱翊钧烦躁地在房间里踱来踱去，看样子实在是不知道如何是好，突然怒吼一声，"把金悦喊来见我！"

"微臣刚刚去了司礼监……"方从云斟酌着语句说道，"听说金公公带着胡厂公，还有几十名东厂高手……出城去了。"

"出城？他出城做什么？"

"似乎……似乎是……因为这批飞鹰年少，怕他们不尽心办事，要一路尾随督促……"

方从云话没说完，朱翊钧已经一掌将手边的一只杯子摔在了地上："胡闹！统共就这点儿飞鹰苗子了，他是嫌那群孩子死得不够快吗？"

这一下声响极大，外面守着的太监、侍卫都吓了一跳，探头进来看，朱翊钧又一只茶杯丢过去："滚出去，谁让你们偷听的？"

方从云顺势跪倒在地："陛下请息怒，金公公恐怕也只是立功心切……"

"谁要他心切！"朱翊钧打断他，"方从云，朕命令你马上去追金悦，别让他胡乱指挥！"

"臣遵旨！"方从云大声应了一句，爬起来就要走，朱翊钧却又补充了一句："方从云，朕依稀记得你曾经也是飞鹰？"

方从云微微愕然："回陛下，臣确实也曾做过飞鹰。"

"那就好，刚出师的飞鹰执行这种任务，需要注意什么，想必你是最清楚的吧？"朱翊钧道，"这批孩子……就交给你了。"

方从云嘴角浮现出一丝笑意："臣一定竭尽全力。"

当日天色将暗之时，几个人牵着马缓缓行到了京城的城门口。

"那几个人，要出城就快点儿，别磨磨蹭蹭的！"守门军士不耐烦地喝道，"马上要落锁关门了，大爷可没兴趣伺候你们！"

行人中有人哼了一声，走上前来把自己的腰牌一亮："不消你伺候，再废话，大爷倒是不介意在北镇抚司伺候伺候你们！"

锦衣卫北镇抚司的腰牌着实好用，那军士的气焰立马矮了一大截，点头哈腰道："原来是北镇抚司的大人办案，小的有眼无珠……小的该死……"

这锦衣卫还要再发作几句，其他人已经走了过来："别浪费时间，走了！"

"是，大人！"锦衣卫连忙应声，临出门时还指了指那军士，"小子，给我等着！回来收拾你！"

等这几个人上马疾驰出十几里地以后，为首那人终于减缓了速度，淡然道："金悦他们还没走远，稍微悠着点儿。"

他身后的人都应声减速，但有一个身材娇小的骑士赶了上来，低声问道："夫君，金悦他们必死无疑……但是飞鹰那边，夫君已经下定决心，要一个不留吗？"

"千夏，你觉得留下他们，对我还有什么好处？"方从云悠然道，"本来这批小鬼里，骆剑峰还算是有一些价值的，但现在既然翅膀硬了想飞，那就只能狠心一点儿了——千夏，我记得最初不放心他们的人好像是你吧？怎么现在却担心起来了？"

青木千夏低声道："妾身虽然并不了解夫君为何要着重培养骆剑峰，但是也觉得……花费如此多心血之后，却要亲自送他进入死地，始终有些可惜。"

方从云扭头看着她，片刻之后终于缓缓开口："是有些可惜……然而有点儿晚了。"

十日后，易平安等人回到了久违的南直隶。

按照洪采薇的说法，中日交战后，北方前往日本的航路便全部中断，若是贸然从北方出海极容易被奸细察觉，故而须得从航运频繁的南方起航，只要隐匿踪迹，那奸细便根本无从找起。

由于"隐藏行踪"是此行的重中之重，所以大家虽然对南直隶都有不一样的回忆，也无暇去追忆，全都按洪采薇的指令来到了宝山所附近的一处码头，这里几处空房早已被包下供大家歇脚之用。

虽然设施简陋，但横竖只逗留一晚，倒也不计较什么，倒是大家都意识到了洪采薇的功劳，对这位平素一本正经的洪女官多了几分好感。

"她可真是用心呀，这几天工夫就在南直隶打点好了这么多事情呀！"刘旭辰偷偷对易平安道，"早点儿下定决心选一个啦，不要这样搞得大家都尴尬呀！"

易平安苦恼地抱住头："大战在即，我们能不能讨论点儿有意义的事？"

"这很有意义呀，说不定这一去我们都要扑街的呀！再不抓紧时间就没机会了呀！"

"你……"

易平安还要辩解点儿什么，洪采薇却从门外走进来，远远地朝他招手："易平安，你过来一下，我有事找你。"

顿时整个房间的气氛都古怪起来，易平安尴尬地环顾四周，发现每个人都在挤眉弄眼，甚至连骆剑峰都在假装看屋顶——有没有搞错啊？你才重新混进来几天啊？装作好像什么都知道的样子是要骗谁？

但当他真的跟着洪采薇走出房门之后，心脏却不争气地剧烈跳动起来。

这个节骨眼儿上，她是有什么事要和自己谈？

洪采薇领着他来到相邻的另一处院落，却在门口迟疑不动。

就在易平安心里七上八下的时候，只听洪采薇轻声开口："易平安，你有信心吗？"

易平安心中打了个问号：她要说啥？

"老实说，我没有。连祖父都没能完成的任务……靠我们真的能成功吗？"洪采薇却是老实承认这一点，"我们这些人，能有几个回来，还是说，连一个都不会有？"

易平安抓了抓脸："总会有办法的吧……"

"也许吧，但凡事总要做一些坏的打算。"洪采薇转过身来望着易平安，一双如墨般的眼睛在夜色里闪耀如星，"所以有些事，我也决定不再等了。"

易平安突然觉得自己手心里全是汗。

这是什么情况？难道这位洪姐姐真的如他们所说，对自己生了好感，还打算趁此机会说出来？

　　说起来洪家姐姐虽然在训练时经常与易平安拌嘴，但确实也没什么不好……只是每当有这种想法时，另一张脸便也会适时浮现在他眼前，让他顿时又犹豫不决起来。

　　说来说去，总归还是自己太浑蛋，两边都不想得罪，但那些戏文评话里，又有哪对才子佳人、英雄美女的故事中间还又插一个红颜进来的？

　　易平安在这边胡思乱想，洪采薇看他脸色古怪，却是露出一丝微笑，将院落的门轻轻推开："进去吧。"

　　"……进去？"易平安一头雾水，稀里糊涂走进院落，推开里面那小屋的房门，呆愣在原地。

　　星如雨露出灿烂到极致的笑容，欢呼一声便扑了上来："洪姐姐果然没骗我！平安，这次可不许抛下我了！"

　　易平安先是手足无措，等听到星如雨最后这句话却是吃了一惊："你要跟我们一起去？你知道我们要去哪里吗？"

　　"当然是去日本，拿回洪老大的那份情报！"星如雨大声回答，"别跟我说什么很危险，会死人！你觉得我会不知道这些事吗？"

　　易平安张大了嘴："我……"

　　"我才不管你找什么理由！你以为我是谁啊？你以为你是谁啊？易平安！我不需要你替我决定，命是我的！"星如雨打断他，用前所未有的激烈语气说道，"就是因为知道危险，我才想要帮你啊！我可不想最后是马叔叔垮着一张脸来告诉我，有个偷偷撇下我的浑蛋死在日本了！"

　　易平安不说话了，他安静地看着眼前的女孩。

　　刚刚还涨红了脸大喊的星如雨被他看得局促起来，禁不住咬着嘴唇问："你看什么？"

易平安苦笑一声，低声道："我知道了……这一次，生死与共吧！"

洪采薇早已出了院落，她回头望了一眼院内，依然不可避免地露出一丝落寞之色，转瞬她的表情又恢复如常。

"星如雨的实力比其他人都要差上一截。"骆剑峰的声音突然响起，"说不定还会拖累我们，有必要带上她吗？"

"我心里有数，再差也是能帮忙的，更何况我们这一程，还需要计较这么多吗？"洪采薇看他一眼，"你有没有想过……如果这次能够生还，接下来打算做什么？"

骆剑峰居然真的思考了片刻，然后认真回答："等真的回来了再说。"

洪采薇不由得失笑，随即她收敛起表情，对骆剑峰道："明日一早便要出发，早点儿睡吧。"

骆剑峰目送洪采薇渐渐远去的背影，又环顾了一下这空旷的院落，终于像下定了什么决心的样子，转身走向另一边。

天色未明之时，南直隶宝山所已经热闹非凡，人声鼎沸，码头上准备出港的各色船只密密麻麻，好似在江面上形成了一道新的城墙。

苏州、松山这一带是大明有名的富庶之地，即使是倭寇最肆虐之时，也没能影响这里的商路，现如今大明与日本对峙远在北方，自然就更不会计较什么风险。

等太阳刚刚升起的时候，已经有数十艘大小商船涌出了港口，这其中便有一艘毫不起眼的小商船，不仔细瞧都寻觅不到它的踪影。

只有几个老水手远远望到会感慨一声："那是去琉球的方向吧？这些人也真是要钱不要命啊，这等小船就敢在海上跑几百里！"

几个年轻人站在甲板上，望着前进的方向——那是他们从未到过的海域，在整个大明的东方。

"现在后悔还来得及，跳下水的话，一个时辰就能游回去了！"易平安指指身后已经消失不见的陆地说道，"要是再走一会儿，下海就只能喂鱼啦！"

毫无疑问，他这句话受到了同伴们的一致同意："说得好，再走一个时辰，就把你丢下去喂鱼吧！鱼儿们肯定会很欢喜！"

船舱里，洪采薇与星如雨相对而坐。听着外面传来的喧闹之声，洪采薇笑道："这次可真是没有回头路了，你就这么想陪着他？"

星如雨用力点头："如果这次我没有跟着，我一定会后悔一辈子！"

洪采薇眨了眨眼睛："你真的喜欢这小痞子啊？"

"我……"星如雨一时不知道该怎么回答，忍不住反问一句，"洪姐姐，你呢？你先说！"

"我？我有什么好说的？"

"不喜欢他的话，你为什么要上这艘船？"

洪采薇站起来，在星如雨脸上捏了一把："傻丫头，你忘了情报是我祖父藏的？我不带路，大家去日本要饭吗？"

还没等星如雨反应过来，洪采薇已经起身出舱去了，留下星如雨独自发呆，过了半天她才跳起来："啊，狡猾！最后还是没说吗？"

小船一路向东。

自此用坤申针及丁未针，行三更，船直至大小七山，滩山在东北边。滩山下水深七八托。用单丁针及丁午针，三更船，至霍山。

昔日名臣胡宗宪主持编撰的《筹海图编》中记载的那些路线，逐渐变成眼前的现实。

每个地名的出现都预示着离大明又远了一分，而那个从未涉足的国度则又近了一步。

即便不说，易平安也能感受到船舱内渐渐增加的紧张气氛。

毕竟对于羽少营来说，这是真正的第一次单独出战。以往跟在身边，为雏鹰保驾护航的顺安卫教头们已经全都不在了，而他们要去的地方，正是昔日飞鹰折翼之处。

"苍苍丁零塞，今古缅荒途。亭堠何摧兀，暴骨无全躯"——这仿佛就是飞鹰的宿命了。

但是……

易平安凝神看着前方一望无际的海平面，暗自握紧拳头。

既然是飞鹰，那就没有瞻前顾后的理由！

生死并不是需要放在第一位考虑的问题！

这一船人，不正是因为相信这一点，才来到这千里之外的海上，随时准备进行可能有去无回的死战吗？

"放下风帆，降低速度！"身后传来呼喊声。

易平安回过头去，只见几个同伴走出船舱开始降帆，而发出指令的则是骆剑峰。

"真不愧是羽少营最强之一，这么点儿时间里就已经再次获得了大家的信任……"易平安心里嘀咕几句，但并没有什么反感情绪，骆剑峰这家伙是什么性格早就知道了，在这种大事上他是绝对不会拖大家后腿的，"唉，如果俊麒还在就好了……"

似乎是注意到易平安的视线，骆剑峰犹豫了一下，还是走了过来。

"再过半个时辰，我们就要到达预定海域，"骆剑峰道，"准备好了吗？"

易平安点了点头。

骆剑峰盯着易平安的眼睛，继续说下去："按照计划，要有两个人留在船上接应……你和星如雨可以留下，我想大家不会说什么的。"

易平安一脸活见鬼地看着他："你还是骆剑峰吗？还是被什么鬼附体了？"

"我在认真地跟你讨论这件事！"骆剑峰哭笑不得，"星如雨的实力在我们中最弱，于情于理她都应该留在船上，但如果你不在，我想她是不会甘心的。"

"她留在船上我没意见。"易平安答道，"但是我不去的话……你上哪里再找一个跟你差不多厉害的同伴？这艘船上还有这种人吗？"

骆剑峰努力忍住翻白眼的冲动道："别趁机往自己脸上贴金！"

"你也清醒一点儿啊，骆剑峰，之前那个以完成任务为首的家伙去哪里了？"易平安看着骆剑峰的眼神里染上了一丝笑意，随即换作更严肃的表情，"如果我留下来，对完成任务没有影响——哪怕是影响不大，我倒觉得留在船上挺轻松的，但你觉得我们这一趟会这么容易吗？这一次行动，或许活下来的

人只有一两个,甚至可能一个都没有,这种情况下,我如果留在船上,就是对所有兄弟的不负责!"

这次换骆剑峰看了易平安半天,随后他喃喃道:"我倒是很想问一句,那个成天偷奸耍滑的浑小子去了哪里?"

易平安咧嘴一笑:"可能留在大明了。"

第六章 力尾崎暴露行踪

然而易平安望着前方越来越近的岛上灯光，心头却始终有一股不祥的感觉。

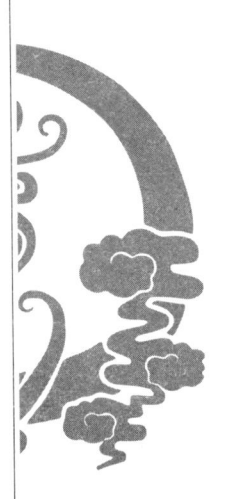

福江岛，大名府邸。

五岛玄雅苦着脸，向面前一个身材魁梧的年轻武将点头哈腰："一成大人，请务必向如水大人再求情……"

这个武将看长相也就二十多岁，然而身形高大，简直能比五岛玄雅高出一个半头去，不过面对卑躬屈膝的五岛玄雅，他脸上露出的却是和外表完全不相符的为难表情："五岛大人，今天已经说过一次了，我怕再反复强调，父亲会不高兴的。"

五岛玄雅苦笑道："我也实在没办法啊，已经封港五天了，再这么下去，岛上的人都会饿死的……"

年轻武将挠了挠头，叹了口气："我再向父亲大人说一次吧，不过效果可不保证。"

"只要一成大人肯说情，那就感激不尽了！"五岛玄雅磕头如捣蒜，"五岛家感激不尽！"

年轻武将转身向后方一个房间走去，五岛玄雅则如下属一般乖乖地站在原地，心头七上八下。他身为一方大名，心情忐忑自然不是因为这个叫黑田一成的年轻武将，而是因为这武将口中的"父亲大人"。

黑田一成稍微整理了一下情绪，在门口出声道："父亲大人，一成求见。"

房内传来一个略微低沉的声音："进来吧。"

房间的躺椅里是一个五十多岁，僧侣打扮的人，他看了眼黑田一成，摇摇头道："一成，你的心太软。若是在和平年代，这的确是值得赞赏的品格，但现在还没有到能掉以轻心的时候。"

黑田一成恭恭敬敬地低下头去——比五岛玄雅刚才更恭敬："多谢父亲大人教诲。"

"五岛玄雅的意思我知道，不用担心……"僧侣想了一想，"算了，你叫他进来吧，他应该也快忍不住了。"

听到"父亲大人让你进去"这句话的时候，五岛玄雅真是全身都震了一下。

自从这位大人来到福江岛后，五岛玄雅今天才算是第二次见到他！

对方依然是一袭普通的深色僧袍，靠坐在躺椅上，而不是像多数日本人习惯的跪坐，五岛玄雅知道这是由于他有一条腿残疾，但绝对没有任何小觑的意思。

因为他是黑田孝高——正是黑田利高的那位传奇兄长。

这位黑田孝高与另一名天才谋士竹中半兵卫并称丰臣秀吉麾下的"双璧"，在竹中早早去世后，黑田孝高便成为丰臣秀吉的头号军师，但其谋略表现强大到了即使是丰臣秀吉也畏惧的地步——不但不肯给他过多的封地，甚至在上次征朝战役中刻意打压。黑田孝高马上意识到了主君的顾虑，毫不犹豫地交出黑田家家主之位，剃发出家，法号"如水"，现在便以"黑田如水"自称。

数日前，这位公认的日本第一军师不顾腿疾，亲自出山来到这福江岛，而西日本的毛利、岛津、大友、加藤、锅岛、九鬼等诸家大名的近万精锐，则被各家领主心甘情愿派遣到没有任何官职的黑田如水麾下听用："如果是黑田大人指挥，那就绝对不会有任何问题！"

在这位黑田大人面前，五岛玄雅连一点儿不满的心思都不敢表露。

"五岛大人，这些日子辛苦你的领民了。"黑田如水低沉有力的声音总算让五岛玄雅回过神来，"想必你心中有很多怨言吧？"

五岛玄雅心中一震，连忙把头低得几乎要碰到地面："这都是为太阁大人效力，五岛家甚为荣幸！"

"为太阁大人效力是没错的，但把福江岛折腾成这样，说没有怨言我也是不信的——五岛大人，这是人之常情，没什么好顾忌的。"黑田如水说，"在这一点上实在要请你见谅，因为此次对付的敌人非同寻常。"

五岛玄雅赔笑道："有如水大人在，什么敌人都不在话下！"

黑田如水看着五岛玄雅，最后还是无奈地摇摇头："算了，我便说说你最关心的事情吧——福江岛的戒备这两天就会结束了。"

五岛玄雅精神一振："那就全靠大人了！"

"所以，在最后的关头还请五岛大人打起精神来，若是在这种时候出了差错，大阪那边不好交代。"黑田如水微笑道，"相应的，只要大功告成……五岛大人，你没有想过自家的领地可以再增加一些吗？"

对五岛玄雅这样的小领主来说，获得更多的领地就是人生中的最大追求，故而他一听到黑田如水抛出这个诱饵，瞬间两眼放光，恨不能喜极而泣："五岛家必定竭尽全力！还请如水大人多多美言！"

等五岛玄雅退出，黑田如水才叹了口气，看向一直伺候在旁边的黑田一成："这些乡下大名，关心的也就只有这些东西了……一成，不要指望这位五岛大人，也不要懈怠，你应该知道这次的对手不一般。"

黑田一成肃容道："自从知道名护屋城发生了什么之后，我就不敢有丝毫大意。"

只有知道真相，才知道那次攻击有多可怕。

战报在事发之后数日便送到了黑田家，几乎使每个人都说不出话来：区区九人突击日本最大的军事基地名护屋城，在事先已经做好万全准备的情况下，依然导致接近千人的伤亡，只能以疫病暴发为借口掩饰真相——直到现在，名护屋城最高指挥官小早川隆景死亡的消息还对外瞒着！

而黑田如水的亲弟弟黑田利高，同样是这次事件中的"病死"者之一。

"明国最精锐的部队，锦衣飞鹰——按照情报，这次来的应该是刚刚出师的新人！"黑田一成神情凝重，"父亲大人，治部少辅大人之前强调过，这是将他们连根拔起的绝佳机会，如果等他们成长起来……那将是对我们远征计划最大的威胁！"

"治部少辅啊，他满脑子就只有太阁大人啦。"黑田如水撇撇嘴，"一成，听好了，眼光不要和五岛家一样短浅，围剿这批飞鹰固然重要，但不必用黑田家的人去填，还有更重要的事情等着我们去做。"

这次黑田一成露出了迷惑的神情："父亲大人，您的意思是……"

"啊，也就只能在这里跟你私下说说了，太阁大人不知道在黑田家埋了多少眼线呢。"黑田如水压低声音嘀咕了两句，"总之你要记住，在未来的大战里，黑田家可不能缺席。"

"未来的大战……"黑田一成虽然身材高大，却不是什么无脑之辈，他迅速听出了父亲的弦外之音，"父亲大人，您说的不是远征朝鲜，对吗？……但是日本国内……难道您认为还有人能挑战太阁大人的力量吗？"

黑田如水看他一眼："没有谁能挑战太阁大人，但太阁大人的年纪已经很大了，而他的儿子才刚刚出生。"

"这是父亲大人曾经提过的'老臣少主'的危险局面……"黑田一成喃喃自语，"没错，太阁大人如果不在了，一定会有人按捺不住的！父亲大人，最先跳出来的会不会是——"

"是谁都无关紧要，我只是说黑田家要做好准备。"黑田如水看着黑田一成的眼神带了一丝温和，"黑田家不应该在这种地方、这个时候损失重要人才，我已经失去了一个弟弟，不想再失去一个儿子……一成，我对你的培养和期待从未低于家中任何一人，等'那个时候'到来，我还等着你大显身手呢。"

黑田如水当年还在织田信长麾下效力时，曾有一次劝降敌人不成，反被关在监牢里长达一年，因此废了一条腿，当时有一名看守对黑田如水照顾有加，黑田如水获救后便将其一子收为养子以报答救命之恩——这个时代的日本武士家族，重视家名甚于血脉，养子同样有继承家业的可能，故而收为养子便代表将其视为一家人，是非常高的待遇。

这个由"加藤"改姓"黑田"的孩子，便是如今的黑田一成。

黑田一成伏下身去，向黑田如水恭敬跪拜："一成绝不会辜负父亲大人的期待！"

"但是……这不代表我们要对这批新飞鹰手下留情，"黑田如水将手中书卷慢慢卷起，眼中露出凶险的光芒，"我弟弟的命，可是很贵重的。"

夜幕已经降临。

今夜乌云密布，星月无光，正是适合潜入的绝佳时候，商船停在福江岛以南数里的海面上——这个距离，是不会被发现，又能够及时支援的最佳距离。

易平安等人分别乘坐四艘小船下水，向着远处只依稀看得见一点儿光亮的福江岛划去。

"易平安，我不会跟你说什么要平安回来之类的话。"临行前，被好说歹说才答应留在船上的星如雨咬着嘴唇对他说，"但如果你出了什么事，我一定会去找你！"

"……那还真是不能出事了！"易平安咧嘴笑了笑，转身跃入了黑暗中。

夜晚的海面夜色如墨，漆黑一片，本是极难共同行动，但腾岳道人改装的那堆稀奇古怪的玩意儿里，居然刚好有东西能派上用场——几盏造型古怪的气死风灯，便是点亮了一丈距离外也看不见，本以为百无一用，没想到在这种场合下却是隐秘行动的利器！

然而易平安望着前方越来越近的岛上灯光，心头却始终有一股不祥的感觉。

洪指挥他们闹出那么大的动静，日本加强戒备是意料之中的，但只有千日做贼，没有千日防贼的道理。现在离名护屋城之战已经过去了差不多两个月的时间，日本方面直到现在还严防死守是不合常理的——这也正是自己这一行人要抓紧时间前来的重要原因。

但是……飞鹰的行动真的能完全保密吗？

那个至今还不知道真实身份的奸细，是不是有机会掌握飞鹰的行程？就算他不知道飞鹰的目的地，但所有飞鹰全部失踪，多半会让那奸细产生警觉吧？

如果他发现了飞鹰全员离开的事情，并且及时通报日本……

易平安皱起眉头，举起身边的风灯按特定的方向摇了几下，旁边的几点灯火也随即摇动，很快几艘小船就都靠了过来。

"怎么啦，平安？"对面船上的刘旭辰小声问，"马上都要准备登岛了，不要突然搞怪呀，会吓死人的啦！"

"我总觉得有点儿不对劲。"易平安也压低声音，"福江岛是一个统共只有几千人的小岛，渔民出海都是小船，这几天海面风平浪静，他们应该都会赶在天黑之前返航的吧？"

"所以你要说什么啦？"刘旭辰还是丈二和尚摸不着头脑，骆剑峰已经反应过来："按照地图，福江岛这个方向的岸边都是贫苦渔民，不可能这么晚了还有灯火……情况不对！"

一下子所有人都紧张起来："岛上有埋伏？"

"岛上情况不对是肯定的，但我在想别的问题。"易平安苦恼地抓了抓脸，"如果设下了陷阱，应该尽量伪装得没有异样才对吧？可现在这样子根本就像是在提醒我们！"

"会不会是这次的负责人比较蠢？"有人提出这个猜测，当然随即就被大家驳回了。

一时大家全都沉默下来。终于骆剑峰打破了沉寂："易平安，你打算怎么应对？"

"不管他们怎么布置，我们的目标是不会变的。"易平安沉默片刻后终于开口，"魏震、徐立军，你们两个水性最好，劳烦你们先去探一探，若是有其他地方适合登陆，我们便放弃这一处！"

两个人应了一声，随即入水向岸边游去，而易平安坐在小船上，一直心神不宁地抓脸："如果我们的行踪已经暴露，那敌人到底会如何应对？"

不多时便有一个人游了回来："四周都是礁石，行动不便，只能从此处上岸，岸上设有一个日军的营寨，灯火便是营寨里发出来的，但守军只有十来人！"

"十来人？这是逗我们玩儿吗？"朱亮咕哝道，"如果真的要防范，怎么也得先来个一百人的布阵吧，他们是吃洪老大的苦头还不够多？"

骆剑峰哼了一声："大家牢记之前我们准备的预案便可，若是陷阱，便用预备方案。若是他们真的轻敌……那就更好！"

刘旭辰不放心地多问一句："如果他们没发现我们，要不要动手？"

"还是要解决！"骆剑峰不由分说地道，"他们在我们的撤退线路上，放着不管太不安全了！"

易平安想了想，认为很有道理，但心中的忧虑感依然挥之不去。

"该不会是因为……这次真的没有教头们在后面撑腰，我就底气不足了吧？"易平安一边想着，一边伸手自海里掬起一捧水，狠狠地浇在自己脸上。

苦涩里带着腥味的海水的气息冲入头脑，让他忍不住打了个激灵："不管了，兵来将挡，水来土掩，都到这里了，除了向前也没有别的办法！"

四艘小船并没有直接抢滩，而是其中两艘小船上的人悄悄下水，从营寨灯火照不到的地方攀着礁石绕了过去。

而此时营寨里的人们毫无觉察，隐隐还能听到鼓声和歌声，易平安远远看着几个人如闪电一般扑进了营寨，顿时所有的声音都消失了，没过多久便有人走出来比了个"问题解决"的手势。

"如果真的是陷阱的话，也太松懈啦。"刘旭辰嘀咕道。

骆剑峰沉声道："不要浪费时间，走！"

除了留在大船上的星如雨和梁耀雷，其他人均以最快的速度上了岸，易平安走进营寨，一脸怀疑地问魏震："有什么异常？"

"完全没有异常。"魏震回答，"全都围坐在一起载歌载舞，我们摸到面前都没反应，直接全部做掉了！"

易平安踢了踢地上一具足轻的尸体："看样子只是普通的炮灰罢了……难道岛上的防御真比我们预料的还要松懈？"

"不管他们什么心思，我们按原计划行动。"骆剑峰道，"抓紧时间吧——采薇，接下来就靠你带路了！"

洪采薇点了点头，语气里却又流露出一丝犹豫："路上如果出现情况……"

"早就商量好了，现在还犹豫什么？"易平安抓抓脸打断道，"反正洪姐姐你尽管前进就是了。"

洪采薇还待说什么，骆剑峰已经接上下一句："有什么问题，我们来解决。"

洪采薇望着面前的飞鹰们。

他们绝大部分甚至比自己年纪都小，稚气未脱，但现在，这十几个年轻人就是大明在接下来的大战中抢占先机的全部希望。

就在今晚，他们可能将要面临从未有过的惨烈战斗；他们将不可避免地死亡；他们将不惜一切代价掩护自己前进……也不知道太阳升起之时，站在这里的人还能剩下多少，甚至有可能一个都活不下来！

注意到易平安在旁边不正经地挠头，洪采薇忍不住心情放松了一些。她最后看了年轻飞鹰们一眼，然后转身走进了黑暗里："跟我来！"

大名府邸里，一直坐在走廊外假寐的黑田一成突然睁开眼睛。他转过身，拉开了身后的纸门："父亲大人。"

黑田如水的声音传来："出现了吗？是哪里？"

"是力尾崎附近。"

"倒是选了个很谨慎的地方啊。"黑田如水自言自语，随即下达命令，"继续观察。"

"遵命。"

黑夜中，一行人穿行于山林之间。

福江岛的西部区域丘陵较多，本不利于夜间行动，但和登陆地点一样，日军也在路口设有一些营寨，但同样是形同虚设，反倒成了易平安等人的路标，只是越前进，易平安心中的不安也就越浓。

这些营寨都设在关键路口,想要在岛上自由行动必然要经过守军,而这一路上已经至少看到了三家日本大名的家纹,足见福江岛依然没有解除戒备,看来是有人在专门协调各家大名的部队进行防御!

但拥有这样权限的人物,会是个蠢材吗?

又或者各家大名敢于对他的命令阳奉阴违、敷衍塞责?

如果排除这种敌人全部犯蠢的可能性,那这就是对方刻意为之……他到底是想要做什么?

易平安一边向前疾奔,一边在脑中急速思索。一定要找出来……一定要在敌人发动之前把他的目标找出来!

而在五岛家的大名府邸里,黑田一成已经穿好盔甲,戴上他那顶标志性的"大水牛胁立兜"头盔,端立在庭院中。以五岛玄雅为首的十余名武将,以及更多的传令士兵则都站在黑田一成身后,每个人的脸上都有按捺不住的激动之色。

这场处心积虑的围剿之战,今晚终于要开始了!

在这些人的正前方,是坐在靠椅里的黑田如水。

"他们的脚程不慢啊,不过正合我意。"黑田如水淡淡道,"传令,以荒神岳为作战中心地点,一番队到三番队发动,四番队包抄,五番队执行断后清理——一个也不要放走!"

所有人一起低下头去:"是!"

飞鹰们此刻正通过一段较为平缓的地带。

易平安微微皱眉,突然发问:"前面是什么地方?"

朱亮的回答很快传来:"是在当地被称为荒神岳的一座

小山，因为是这个地区唯一的山岭，非常好认，算是一个地标吧！"

"地标……"易平安咕哝两声，心中不期然再度出现之前的画面。

他们已经突破了六个营寨，全都无一例外不堪一击，就好像这些士兵是出来郊游而不是守备的一般——明明都是在关键节点的位置，那个策划者到底在打什么算盘？

"我到底错过了什么？忽视了什么？"这个念头从刚才便一直在易平安脑海中反复盘旋，令他困扰不已，然而一方面要赶时间，另一方面战斗又全然没有挑战性，易平安除了觉得"这么轻易就解决实在不合情理"之外，竟找不出任何真正可疑之处！

前方又是一处营寨，人声喧哗，灯火通明，只是可能因为已经夜深，敲打鼓点的节奏显得有气无力。

既然如此，不如老老实实去睡觉啊……

易平安突然全身一震，仿佛有一道闪电划过脑海！

"见鬼！我知道问题出在哪里了！"

这句话让所有人都停下脚步，一起扭头看向易平安。

"怎么啦，平安？"刘旭辰抹了一把额头上的汗——这样的夜间高速行进，不管之前的锻炼如何严苛也是会吃不消的。

"没时间说明详细的推断，总之我认为，如果敌人的大将没有蠢到无药可救，那我们的行踪应该已经全部暴露了！"易平安这番话马上让众人神经紧绷，"岛上的防御随时会发动！"

"那就按之前说好的办啊！"冯柱根本不问易平安是怎么知道的，"老实说，等你这句话好久了！"

"没错，之前一直有种'不知道在哪里会被坑，心里七上八下'的感觉……"

易平安苦笑一声，环顾四周。光线暗淡，他甚至不能看清每个人的脸，但他知道这里的每一个人都是好兄弟、好伙伴。

"我就不说什么保重了……"易平安说，"开工吧，兄弟们！"

"你们才是要保重……完成任务之前可别先死了！"冯柱咧嘴一笑，转身便带头冲了出去，而跟在他身后的则是早已分好队的另外四个人。

五个人消失在黑暗中后，骆剑峰喃喃自语道："我现在真不知道该盼你猜错还是猜对。"

易平安倒是能听懂这句没头没脑的话是什么意思：如果他猜错了，那大家就浪费了宝贵时间，但如果他猜对了，接下来就要面临连番的惨烈厮杀！

答案揭晓并没有用太长时间。

天空中突然爆出一团烟花，突然又是一团，接连不断的烟花在福江岛上空爆开，夜空中各色大小不一的烟花分外显眼，只怕是几里之外都看得到！

"欢迎仪式很像样呀。"刘旭辰忍不住说。

人群中传来一阵轻微的笑声，但是这声音随即被四面八方传来的喊杀声掩盖，只见无数支火把突然在山野间被点亮，也不知道多少士兵吼叫着如潮水般冲出来，向荒神岳的方向杀去！

"果然已经被看破了……"洪采薇喃喃自语，"如果我们刚才一直前进，那么现在……"

"现在就会被团团包围在荒神岳。"骆剑峰脸色铁青道。

此刻的易平安毫无看破敌人阴谋的欣喜,只有一股寒气从后背升起。他在脑海中已经构筑了一派景象:在这福江岛上的各个关键地点,都分布着这些看似百无一用的营寨,这些营寨组合起来,有如在整座岛上覆盖了一张蜘蛛网,而飞鹰们一路攻破营寨,就是在将"外敌入侵"的信息一层层传递到蜘蛛网中心!

如果自己没有猜错,一路上那些懈怠的士兵是需要整夜唱歌跳舞的!对于坐镇网络中间的那个人来说,只消知道哪些营寨的声音消失,便可以推算出飞鹰前进的速度和方向,以及接下来的去向!

而要做到这一点,他需要将数百名士兵作为可随时牺牲的诱饵……真是好狠的手段!

"走吧!"骆剑峰的声音变得有些嘶哑,"冯柱他们已经把伏兵都引开了。"

远处的荒神岳已经有喊杀声响起。

易平安再不看那边一眼,咬牙与同伴们向另一边冲去。

"这场较量……才刚刚开始!"

黑田如水闭着双眼,静静地坐在庭院中,突然说了一句:"不对,他们分兵了。"

"分兵?"黑田一成一愣,"父亲大人,我们还没有新的战报送来……"

"他们是来取情报的,不会无谓浪费时间。"黑田如水回答,"以他们突破前面节点的效率,在荒神岳消耗的时间未免太多了——很明智的选择,但仅仅这样,可还逃不出我黑田官兵卫的手心!传令,七番队在三枚山阻击!三番队脱离战线,前往三枚山夹击！"

又是几发烟花升上半空，前方突然举起数十支火炬，跟着便是一片铁炮击发之声，当时便有两个人随着闷哼一声，重重摔倒在地！

"那人猜到了我们的行动路线……不，不是猜到的！"易平安愕然望向夜空中烟花消散的方向，"他是非常确定我们在向这边移动！主持这场追捕的，到底是什么人？"

"真不愧是黑田大人！完全被他料中了！"七番队队长是松浦家的武将，名为河村信诚，此刻他异常兴奋，举着自己心爱的佩刀高声大呼，"全军突击，一个都不要放过！"

但就在他身边的士兵们冲出营寨，扑向对面敌人的时候，就听对面也传来一阵密集的射击声，顿时士兵们哀号着倒了一地！这正是腾岳道人改装过的神机营短火铳，虽然威力有限，但在这个距离上足以致命，羽少营的每个人都带了不止一支！

"敌人也有铁炮？"河村信诚呆了一呆，这时候羽少营那边又是一阵密集的弩箭发射，顿时河村信诚身边的人又倒下一堆，河村信诚这才大惊失色：眼前这些家伙，是就连黑田如水大人也要专门设局，慎重对待的强敌！自己怎么就敢这么忘形，要和他们正面对抗？

羽少营却不会给他后悔的时间，趁着河村军阵容大乱的时候已经扑了上来。刀光剑影中只听见士兵们不断发出惨叫，顷刻间，多达数百人的河村部队便被十几个人杀到了崩溃边缘！

"后退，后退！"河村信诚终于反应过来，连忙下令，"重整阵形！盾兵上前！发出遇敌警报！马上就会有援军过来了！"

这几条命令总算让士兵们士气振作起来：这几天里福江岛布置了怎样严密的防御，大家都是有目共睹的，纵使这些明国密探有三头六臂也绝无胜算！

飞鹰们毕竟人手太少，对方一旦专心退守也是一时难以突破。尽管好几百人被十几人打得只有防守之力说出去不怎么好听，但河村信诚已经想清楚了，只要挡住这些明国密探，等大军合围，自己就是首功！此时此刻还要什么面子！

果然正如他所料，没多久在飞鹰后方也传来了号角和喊杀声——正是黑田如水调拨的三番队赶了过来！

"这么快就被夹击了！前面这支守军绝不是随便放在这里的……"易平安看了一眼后方，"但是现在……也还不到第二次分兵的时候！"

"没时间考虑了！"骆剑峰喝道，"强行突破！"

"断后交给我们！"刚才中了铁炮的一个年轻飞鹰大声吼道，"反正我腿受伤跑不了！"

骆剑峰点头："好！"

这时候，已经不需要更多客套的言语。我相信你，相信你豁出命也会替我完成断后；我相信你，相信你绝不会辜负我的牺牲！

不知道为什么，骆剑峰觉得鼻子有点儿发酸，一句话突兀地出现在脑海中："星如雨……你说得对，俊麒那样的人，在飞鹰里还有很多！"

以骆剑峰和易平安为首，飞鹰们一头撞进了前方阵地，吓得士兵们连连后退，但飞鹰的主要任务当然不是要把这些家伙都杀光，而是尽快掩护洪采薇突破防线！

"守住，守住！"河村信诚声嘶力竭地吼道，"再坚持一下，我们就能包围他们！"

"好聒噪的武将啊……"易平安眉头一皱，"魏震，跟上我！"

名为魏震的同伴也不问易平安要做什么，埋头就跑了过来，易平安手腕一抖，河村前方的几名士兵的额头和咽喉上便各多了一枚铜钱，颓然倒地，而易平安一口气冲到了河村信诚面前，一刀扎进他大腿："魏震！帮我问问！岛上是谁在指挥？他们的总大将是谁？"

魏震马上用日语问话，但河村虽然痛得一头的汗，但怎么会回答这种问题？眼看就要将这些该死的密探一网打尽，现在顶不住岂不是前功尽弃？

"勇气可嘉，但我赶时间！"易平安手上的刀再一挥，河村顿时有几根手指飞了出去，"回答问题，不然再少几根手指头！"

河村信诚再也撑不住了，大声惨叫："黑田大人！是黑田如水大人在指挥！"

听到魏震的翻译，易平安愣了一愣，随即便毫不留情一刀刺进河村的咽喉，河村只徒劳地挣扎了两下便停止了呼吸。

此时骆剑峰等人已经突破了敌阵的一半，河村军士气正衰，眼见得自家大将一命呜呼，哪里还有心思抵抗，纷纷抱头鼠窜，易平安和魏震紧跟了上去，没跑几步，便听得身后传来两声轰然大响。

易平安没有回头。

只有一种东西可以发出这样的炸响，那就是大家带在身上的雷霆弹。

"黑田如水……好像引出了一个了不起的大人物啊！"魏震在前面略带兴奋地说。

易平安脸色更差。

黑田如水……本名孝高，人称黑田官兵卫，之前恶补日本形势的时候，可没少听过这名字！这何止是大人物，这是在日本战国乱世，从无数人里脱颖而出，被公认为日本第一智将的名人，丰臣秀吉统一日本的阵容里，他便是头号智囊！若拿中原这边的谋士来作比喻，不是诸葛亮也是司马懿！

也只有这种家伙，才有资格指挥诸多大名，才有魄力毫不迟疑地将数百人当作棋子！

虽然事先设想了种种不利局面，却实在没想到这只明明已经宣告隐退的老狐狸会成为对手！

"日本第一军师吗？"易平安咬着牙，"还没结束呢，咱们走着瞧！"

与此同时，远在福江岛另一端的黑田如水也皱起了眉头。

"虽然是一群新人，战斗意志却实在出人意料啊。"黑田如水叹了口气，"六番队、八番队加入追击……主要兵力咬住那些突围而出的人，留下来断后的反而没必要立即斩除，明白吗？"

"遵命，这就将命令传达下去！"黑田一成应了一声，同时疑惑不解，"父亲大人，这是有什么地方出现了不妥吗？"

"他们的行动必定是以取得情报为最优先的，本来我的计划是迫使他们分兵，我们再分割包围，不过他们似乎是打算集中兵力一气突破。所以得抓紧时间了，等他们取得情报之后就有充分的理由分散逃亡，这种事情……是决不允许发生的！"

说到这里，黑田如水的表情陡然森寒，这让黑田一成也忍不住心里一紧——这正是当年父亲还在辅佐丰臣秀吉时，以全日本为对手的那种眼神！今晚这区区十几个明国飞鹰，就能让父亲有同样的感受了吗？

"稍有不同的，一成。"似乎是猜到了黑田一成的心思，黑田如水重新露出笑容，"我厚着脸皮亲自来对付这些小鬼，如果出了纰漏，一定会被治部少辅他们嘲笑的吧！我可不想带着这样的笑柄回中津城去，所以必须全力以赴，万无一失……啊，差点儿忘了，玄雅大人！"

一直守在旁边的五岛玄雅连忙应道："在。"

"也有需要五岛家才能立下的功劳——今晚天色不好，五岛家的水军，在这种夜晚还能出海吧？"

五岛玄雅顿时喜出望外，各家大名在自己的领土上大打出手，自己实在憋屈不已，本以为黑田如水对五岛家完全不抱期待，没想到竟然还有一个机会："请大人吩咐！五岛家水军已经按照事先布置，在南边的岛屿上待命！"

黑田如水看了他一眼："那就劳烦玄雅大人，去把明国飞鹰的后路断绝吧！"

又是两发烟花急速地升上夜空，在一片黑暗的海面上映出模糊的倒影。

星如雨站在甲板上，远眺着夜空中那两团烟花炸开，眉头都要拧到一起了，但在这黑暗中并没有人能看到她的表情。

"从一个时辰之前，福江岛上就开始不停地放各种烟花。"她忧心忡忡地嘀咕，"该不会这么巧，今天刚好赶上他们在过什么节吧？"

"若是那样的话倒好了,但我觉得我们运气没那么好。"梁耀雷是飞鹰中唯一一个留在船上的,他自己也没法提出反对意见,毕竟水性和轻功太差是他的致命伤,在强调速度的场合里怎么看都是拖后腿的存在,只能在船上留守了。

"我发现你们羽少营里不会说话的人真的很多啊。"星如雨不满地瞪他一眼,"就不能换个稍微委婉一些的说法吗?"

梁耀雷嘿嘿一笑:"这你得找易平安去,我最头痛读书和绕圈子说话了。"

听到这个名字,星如雨的脸微微一热,暗自庆幸这种环境下没人会发现,但话题顺势扯到这一边:"也不知道他们在岛上的情况怎么样了。"

"应该是已经开始交战了,接下来就看易平安他们运气如何了。"梁耀雷道,"打起精神吧,说不定一会儿就看到他们像兔子一样被撵出来……"

星如雨完全不觉得这句话好笑:"那我们能不能赶得及接应?"

梁耀雷诧异地看了她一眼——当然只能隐隐约约看清轮廓:"如雨姑娘,有句话我想问……之前我们制定作战方略的时候,你是不是不在场啊?"

"我……我当然在场啦!"星如雨心虚地说,"但你们之前都说了不让我上岸,那还有什么好听的啊?"

梁耀雷忍不住叹了口气,在内心里对忍受了这姑娘好几年的易平安致敬。

星如雨竖起眉毛:"你叹气做什么,嘲笑我吗?"

"我只是想说,刚才我说过的,大家若像兔子一样被赶出来,那就算栽啦。"梁耀雷道,"他们得一路护送洪采薇去情报埋藏地，取得情报后便分散行动，哪怕逃出来一个人，也能把情报送回来，所以如果大家是一起逃回来的，那就完蛋了，说明连敌人的防御都没能突破！"

"所以我们要做什么？"星如雨讪讪地问。

"我们要在这里等到有人成功突围返回。"梁耀雷回答，"一旦确定有拿到情报的人退回来，就马上发射烟花信号，告知岛上的幸存者们各自逃生，然后我们就拼命地把船开去济州岛……因为发射烟花后，船的位置会马上暴露，所以不能离岛太近，目前这个位置已经是极限了，总要留出逃跑的空间吧！"

星如雨眨眨眼睛："我以前以为你只是傻大个儿，没想到你说话这么有条理！"

"……是易平安嘱咐我转告你的。"梁耀雷咧嘴一笑，突然，他的声音低了下去，"不对劲，赶紧进船舱！"

星如雨吓了一跳："怎么了？"

"刚才福江岛的方向暗了一下……"梁耀雷已经摸上了腰间的绣春刀，"教头们说过，如果不是错觉，那就是有什么东西挡住了岛上的光！"

茫茫大海，还有什么能挡住远处岛上的光？

答案马上揭晓——四面八方陆续响起了号角声和战鼓声，接着火把一支接一支亮起，原本漆黑一片的海面在这些火把的映照下也反射出强烈的光芒，将四周的情形显露无遗。

至少有十艘日军战船已经包围到了不足十丈的距离！

"他们船上不会有多少人！"领军的是五岛家的青方善助，在五岛列岛这样的小地方，他已经算得上一等一的大将了，"大家准备登船作战！"

五岛玄雅几乎将五岛家所有的兵力都交给了青方善助,足足有六百人之多——在经历了数年前的朝鲜战役后,这个小地方能拿出来这么多人,已经是尽了全力,为的就是在今天晚上立下功劳,好将五岛家再往上升一步!

"糟糕!"梁耀雷懊恼之情溢于言表,"还是不如易平安他们警醒……得试着把船开走!"

但要做到这一点谈何容易?

此时海上无风,四面又被日军包围,两个人也不是职业水手,能把船开到哪里去?甚至梁耀雷这个主意都没得到操作的机会,他刚冲上甲板,已经有日军士兵爬上了这条船——五岛家的人虽然在战斗方面不一定擅长,但在水里至少还是有点儿用处的!

几个足轻士兵大叫着冲上前来,梁耀雷怒吼一声,挥刀将这几个人砍倒在地,但由于有更多的敌人拥来,转眼间梁耀雷便腹背受敌,就在一个士兵试图将长矛刺向他背部的时候,星如雨从船舱里跳了出来,一剑刺穿这士兵的胸膛:"我不会把这条船让给你们的!"

梁耀雷被她吓了一跳:"你自己小心点儿,现在这情形我救不了你!"

"救你自己吧!"星如雨哼了一声,向前方士兵举起手来——手中握着一具连弩,在这种距离和光线下射出的弩箭,可真是避无可避,只见惨叫声中五岛家士兵纷纷落水,两个人竟在四面皆敌的危机中杀出一条血路来!

"好,抓紧时间把风帆升起来……哪怕只升一面,也有机会!"梁耀雷话音未落,整条船突然震动了一下,两个人几乎一起摔倒在地。

第六章 力尾崎暴露行踪

就在被士兵们纠缠住的这片刻工夫，已经有两艘五岛家战船撞了上来！

"杀，杀，杀！"青方善助在远处大叫，"杀一个，就可以成为五岛家的武士！"

至少有三十名士兵血红着眼睛跳上了星如雨两人的船！

日本阶级门阀森严，农民当兵注定只能是炮灰，而武士只要家名不坠就还有出人头地的机会，故而极少有普通士兵被破格升为武士，如今统领全日本的太阁丰臣秀吉偏偏就是这么一个从普通士兵爬到人臣顶峰的例子！谁不想把太阁大人作为榜样？就算达不到太阁的高度成为武士，从此改变命运也是好的，而现在，五岛家的大人就开出了这么诱人的条件！

五岛家虽小，也是被太阁承认的大名！只要成了武士，总有机会的！

一时间，这些士兵都是热血上涌，仿佛太阁大人的今天就是自己的明天，美好的未来在向自己招手，只要今晚运气好一点儿……只要杀一个小鬼！

"见了鬼了！"梁耀雷转眼间身上多了几道伤口，忍不住大叫，"他们怎么这么兴奋？"

星如雨更是手忙脚乱，连说话的工夫都没有，她身上带的各种器具没多久就消耗一空，与梁耀雷一起被逼入了船舱。

"梁耀雷！你是飞鹰哎，还有没有办法？"星如雨忍不住问了一句。眼见得四面八方都是敌人，那些不要命的士兵死了一个又一个，却依然挡不住五岛军的疯狂进攻，难道今天要死在这船舱里不成？

梁耀雷左臂被重重砍了一刀，现在只能单手迎战，听到星如雨的问话也是苦笑了一声："飞鹰又不是妖怪！如雨姑娘，我现在顾不上你了……"

"你本来也没顾上我！"

"嘿，也就易平安受得了你……"梁耀雷叹了口气，还要说句什么，却只觉船舱剧烈震动，五岛家的战船已经前前后后将他们的船夹得严严实实，就算现在有龙王保佑只怕也逃不出去了！

外面五岛家士兵欢声如雷，就好像已经砍下了敌人首级一般，只是现在他们既然占据绝对优势，自然也就没人肯主动进入这狭小的船舱里送死，先把这船舱包围了再说！

"如雨姑娘，我脑袋笨，现在只想得到一个办法了！"梁耀雷说着将舱内一个抽屉打开，抓出里面的油瓶往地上一摔，再把桌上油灯也拍在地上，顿时就听"呼"的一声，半个船舱的地板都烧了起来！

"你要做什么？"

"敌人太多，现在又只有我们两个，这条船保不住了！"梁耀雷回答，"你也不想被活捉吧？"

星如雨想起在浙江时听过的倭寇残暴劣迹，不禁打了个寒战，连连摇头。

"那边抽屉左数第三格，是水行衣，穿在身上，入水后会自己浮起来！"梁耀雷又指指另一个方向，"这边抽屉左数第二格，是气囊，在水里能让你呼吸，不过也就半炷香的工夫，得抓紧时间！"

"我们趁火势起来趁乱逃走？"星如雨明白过来，冲过去把梁耀雷说的装备都拿出来穿好，"你手受伤了，过来我帮你穿！"

梁耀雷摇摇头："我还有事情要做……你去岛上，和易平安他们会合！"

星如雨吃了一惊："你要做什么？"

"我是断后的飞鹰啊，还能做什么？"梁耀雷咧嘴一笑，"别废话了，你留在这里没用，赶紧走……抓紧机会！"

还没等星如雨问是什么机会，梁耀雷已经大吼着朝船舱外冲了出去！

在外围守的士兵们已经看到了船舱内的火势，正不知如何是好，梁耀雷冲出来一刀砍翻一个，自己纵身跃上了顶棚："王八蛋们，有本事过来呀！"

星如雨在船舱里呆立了一瞬。

所有敌人的注意力现在都被吸引过去了，这就是……同伴给自己创造的机会！

船舱上方展开了激烈的厮杀。梁耀雷虽然一只手受伤，但五岛家士兵也不是什么训练有素的战士，几乎所有想要攻击他的人都狼狈退场，看得另一条船上的青方善助心急火燎，简直要大骂"废物"，但他总算想到了应付之法："放箭，放箭！射死他！"

黑暗中传来箭矢破空之声，梁耀雷身材高大，顿时便有好几支箭插到了身上，他晃了一晃，单膝着地，半跪下来。

"已经拖到这时候了……星如雨那丫头应该逃掉了吧？再不跑就是真蠢了！"梁耀雷喃喃自语，"那接下来，就只有一件事……作为飞鹰！"

此时脚下已经有炽热感传来，整个船舱都冒出火苗，眼看要把顶棚烧塌，已经没有士兵敢扑上来了，只有四面八方的箭矢依然连续不断地射来。

又有两支箭射中了梁耀雷，其中一支深没入胸，他闷哼一声,咬着牙从怀里摸出一个东西,在失去最后意识之前用力一拉,一支醒目的旗花火箭呼啸着冲上天去,在漆黑的夜空中爆出一团金色花朵,经久不散!

几个呼吸之后,船舱顶棚在熊熊火焰中轰然坍塌,已经失去生命体征的梁耀雷便跟着一起摔进了火海。

青方善助眼看这艘敌船火势已经蔓延到甲板,士兵们纷纷躲避,只能叹气道:"让他们回来吧……这艘船要烧穿了!"

话音未落,只听一声巨响,船上也不知道什么东西被引爆,整个船舱都炸开来,不少士兵被波及坠下海去,还有几个特别倒霉的家伙身上沾了火苗,怎么拍打也无济于事,最后自己大叫着跳进了水里。

青方善助看得心惊肉跳,幸亏自己没有贸然上前,不然这些倒霉蛋里搞不好就有自己一个……只希望这艘船上的明国密探都死光了!

福江岛上,骆剑峰、易平安、洪采薇等人一起看着南方夜空里刚刚散去的那团金色花朵,脸色铁青,沉默不语。

"是耀雷他们发出的示警呀……"刘旭辰喃喃道,"我们的船完啦……希望他们能跑掉呀。"

易平安率先转过了身。

"走吧……他们的任务结束了,但我们还没有。"他说。

五岛家的战船在原地停留了片刻,确认海中已经没有幸存的落水士兵后,才向福江岛方向缓缓驶去。

在最后一艘战船的船尾,突然有一只手自水里伸出,紧紧抓住了垂在水面上方的一根缆绳。紧接着星如雨便借着这力量浮出了水面。她剧烈喘息几口,望向身后那艘越来越远的火船，自己脸上湿漉漉一片，分不清是海水还是泪水。

那艘船上的火势越来越接近水面，突然整艘船都裂成两段，带着火苗没入水中，马上连火光也消失不见。

海面上什么都看不到了。而福江岛上则是灯火通明，犹如白昼一般。

第七章 秘密情报为何物

洪采薇第一个奔入建筑物大门,迅速在庭院里找到一尊布满青苔的地藏菩萨像……将手伸进了地藏菩萨像的下方。

在名护屋城颜面扫地的诸家大名，这次是真的发了狠，总计派遣了将近万人上岛，居然比福江岛的居民还多！这不仅仅是因为锦衣飞鹰让他们损兵折将，更是因为来自太阁丰臣秀吉的压力——据说那位治部少辅石田三成回大阪城以后，对太阁大人很是添油加醋地汇报了一番战况，令太阁大人对名护屋诸军的表现极为不满，专门派了使者前来斥责。大名们也为此惴惴不安，这次请传说中的天才军师黑田官兵卫亲自坐镇，就是为了确保万无一失。

现在，一雪前耻的机会似乎就在眼前了！

在黑田如水的严密调度下，入侵福江岛的明国密探即将陷入绝境——而且今晚来袭的密探数量是袭击名护屋城的两倍，将其全部歼灭的话，不管怎么说也能挽回些许颜面了吧！

但是黑田如水倒眯起了眼睛。

"一路突破到了北端，看来马上就要现出真面目了啊……"他望着眼前的福江岛地图自言自语，"接下来是往东还是往西呢？唯有这一条目前还无法参透。"

黑田一成听得全神贯注："父亲大人是说他们将要前往取情报的地点吗？"

"不错，这是他们的最终目的，不管之前如何分散兵力、声东击西，唯有这件事是他们必须完成的。"黑田如水的手指在地图上敲击着，"因为福江岛上可供选择的路线本来就不多，到目前为止我依然掌握着他们的动向，但到这一步，却是只能赌一次了，一旦失败，便会真正被他们把兵力调开……之前那个老密探，到底会把情报藏在哪里呢？"

四周的人都不敢吭声，生怕打扰到黑田如水思考。

不多时，岛上又是几处烟花升空，一名传令兵急匆匆赶来："岛津队报告，敌人向西边的坊主岳突进了！"

"向西吗？"黑田如水愣了一下，"因为是年轻人的缘故，打算凭血勇之气突破？还是说，另有深意？"

"父亲大人！"黑田一成大声道，"不管他们要干什么，请允许我出战试探吧！"

"还不到时候。"黑田如水若有所思地看着地图，"传令，西边的部队全力拦截……但是，追击部队转向东面布防！"

"父亲？"

"战到现在，剩下的飞鹰已经很少了。"黑田如水回答，"以我事先准备的防御兵力足够应付，但如果他们这次是虚张声势，全力追击反而可能让他们找到机会。"

黑田一成完全不怀疑父亲的判断："知道了，只要少许的忍耐，就能试探出他们的真实意图！毕竟他们在抢时间！"

黑田如水点点头："我军占据有利地形，兵力也占绝对优势，所谓天时地利人和，他们唯一能凭借的也就是天时，夜晚追捕确实有难度，但是……天总是要亮的，等到天亮，他们便无所遁形。"

五岛玄雅在旁边听得羡慕不已，很显然，普通的战术安排不需要说这么多，这是黑田如水在给自己的儿子进行战术讲解，这种听日本第一军师讲课的机会可真不多，要不是碍于身份，五岛玄雅自己都想扑上去讨教几个问题了！

"说到天时……一成，这些明国密探还有一个破绽，你猜是什么？"黑田如水微笑道，"如果他们发现了，对我们没有损失；但如果没有发现……他们会加速灭亡。"

黑田一成努力思考了一会儿，最后还是放弃："一成愚钝，实在想不明白，还请父亲示下。"

"不止你，大明和日本，恐怕加起来也没多少人注意到这一点。"黑田如水望向东方天空，此刻那边还是漆黑一片，"日本这边，天亮是比大明要早半个时辰的……如果那些明国密探依然按自己在大明的习惯制订作战计划，那他们的覆灭之时很快就要到了。"

福江岛西北端，被称为"坊主岳"的山陵附近。

"没有追兵！"朱亮望了望后方，"平安，你的判断无误！"

易平安抹一把冷汗："不是判断无误，是我们赌赢了，赌那个黑田如水就像传说中的那么多疑！但他应该很快就会反应过来，所以……"

众人都笑了起来："怎么到了这时候还婆婆妈妈的！"

骆剑峰却没有笑，而是肃容向战友们行了一礼："万事拜托！"

飞鹰们一起还礼："保重！"

刘旭辰转过身，一手叉腰，一手指着前方："走那边啦！兄弟们，去大闹一场啦！"

骆剑峰、易平安、洪采薇站在原地，看同伴们或嬉笑，或沉默，或振奋，一个个消失在树林中。

刘旭辰、朱亮、魏震、徐立军……可能今晚之后，便再也看不到他们了。

"真的需要这么做吗？"洪采薇一路上都寡言少语，只指示正确的方位，但此刻也忍不住出声，"我们真的需要……牺牲这么多人吗？"

骆剑峰绷着脸回答："为了这件事，连洪指挥和教头们他们都牺牲了。"

"如果不想让大家都牺牲，那我们就别在这里废话。"易平安已经转身望向另一个方向，"走吧，时间紧迫……我听那郭居静说过，日本在大明东边，日出可是比大明要早！"

刘旭辰等人折头向东，而易平安等人则继续向西。

这又是一场赌博，赌的就是这次"虚张声势"是否会被黑田如水识破——这简直是一定的！早就虎视眈眈严阵以待的日军，必然第一时间围捕上来，而这才是脱离大队行动的易平安等人真正的机会！

只是创造出这机会，却要以羽少营所有兄弟的性命为代价！

不多时，便从另一侧传来了连绵不绝的号角声，三个人皆身子一震：从这里杀出去的兄弟们，已经与东面守军开始了恶斗！

"走！"骆剑峰低声说了一句，便向前疾奔而去，易平安与洪采薇对视一眼，也紧随其后。

刘旭辰他们直接撞上了黑田如水布下的那张网。节点处的剧烈震动吸引了全岛日军，包括坊主岳的守军也忍不住向东面增援过去——那边可是一阵紧似一阵地发出救援信号，这群明国密探已经走投无路，最后的挣扎分外剧烈，分明是想要鱼死网破,绝不能漏过一个!

借助于日军这种将要大功告成的气氛,藏身于林中的三人始终未被发现。

又是一批举着火把的士兵朝东边扑过去之后,易平安屏息倾听片刻:"暂时没人来了,继续走!"

不知道兄弟们能拖敌人多久,也不知道那黑田如水会在多久之后反应过来,必须抓紧所有时间!

又爬上一座小山后,洪采薇突然出声:"就在那边了!"

易平安定睛望去,前方应是一处海湾,海水拍打礁石之声清晰可闻,但这黑灯瞎火的,始终看不出有什么明显标志物。

"沿着海滩旁边有一条路,大约三里地。"洪采薇道,"不会有错的!"

果然,三个人很快找到了这条路,并顺着这条路往前狂奔而去。只是易平安依然有点儿疑惑:"洪姐姐,我们都是第一次到福江岛,你怎么这么确定这条路没问题?"

前面黑暗里飘来洪采薇的声音:"因为这条路已经快一千年了。"

"一……千年?"

此时天色已经微明,路的尽头,一片建筑物出现在三人面前。易平安能够隐约看到建筑的轮廓,不由得颇为意外。日本的建筑风格与中国的有颇多相似之处,但经过上千年发展也有了一些自己的特色,而眼前这片建筑物的外形,却是更接近中国风格。

等走得更近一点儿,易平安才发现这几座房屋都已经极其破败,房梁廊柱俱是布满风蚀虫蛀的痕迹——也不知道是多少年前的建筑竟然被保留到现在,没有在台风中被摧毁,就已经是个奇迹了。

洪采薇第一个奔入建筑物大门，迅速在庭院里找到一尊布满青苔的地藏菩萨像，毫不犹豫地俯身下去，将手伸进了地藏菩萨像的下方。

骆剑峰和易平安守在门口，默不作声。这就是他们要一路护送洪采薇前来此地的原因：洪天罡将情报放在这尊地藏菩萨像下方的时候，顺便设计了机关，只有在祖父督促下苦练数年的洪采薇才能确保顺利获得情报，若是贸然取出，情报便会损毁——为了保护那只"燕子"，便是一分一毫的证据都不能落到丰臣秀吉的人手里，这次也是只剩三个人的时候，洪采薇才向易平安和骆剑峰透露了"燕子"的事情。

"这座建筑，就是遣唐使驿馆。"等待中骆剑峰突然开口，"确实是快要一千年了。"

"遣唐使……"易平安迅速意识到这意味着什么，就算现在身处战场，争分夺秒的紧张环境里，他也忍不住一时失神。

早在隋唐年间，日本天皇便派使者前往中国，学习各种文化和技术，全日本几乎要变成大唐的翻版——直到今日，日本京都依然保持着当年照搬唐朝长安与洛阳的格局，而在模仿长安的"右京"被逐渐废弃以后，便只剩下了模仿洛阳的"左京"，甚至大名前往京都拜见天皇都依然呼为"上洛"。

然而今时今日的日本，已经不再是那个对中华文明毕恭毕敬、顶礼膜拜的贫弱落后之国。在吸收完中华文明成果，并以自己的方式发展千年以后，现在的日本统治者已经燃起了染指西方广袤大陆的野心，认为自己更有资格成为这片土地的主人。

而眼前这片衰败的建筑，简直就是日本对中国态度的生动写照。一千年前，日本或许是真心膜拜，诚惶诚恐，但到了今天，看中华文明便如同看这座破败的遣唐使驿馆一般别无二致，早就欲抛之脑后，取而代之了。

平心而论，如今的大明已不再是全盛时期，但正因如此，朝廷上下才对这次战事更加重视——一个在战国乱世里成功平定四方的势力，必然处于战斗力最强的时期，若不能在朝鲜击溃其野心，只怕永无宁日！

而现在，付出了这么多牺牲，经历了这么多波折，终于有三个人抓住了掌握这场战事最关键情报的机会！易平安暗自握拳，发誓决不让这机会从手中滑走，拼上性命也要将这情报送出去，不然就算去了阴曹地府，又有什么脸面见昔日战友？

洪采薇轻轻舒了一口气。

骆剑峰和易平安一起将视线投注过去，只见她小心翼翼地从地里拿起一个长条包裹，将其揭开。

包裹里有一张明显匆匆撕下的布条，布条里还裹着一根小竹管。

洪采薇展开布条，上面只用潦草的笔迹写着两个字——"朝鲜"。

朝鲜！果然是朝鲜！果然还是朝鲜！

若是按之前的猜测，将朝廷大军集结于东南，等日本数十万精锐大军从朝鲜登陆，还未从上次战乱中恢复元气的朝鲜必定毫无招架之力，只有被席卷而过的份儿！到时候辽东境内将直接面对日军兵锋，甚至京城都可能受到威胁，那时才真是天大的麻烦！

"这里面应该是日军的详细情报，我听祖父说过，'燕子'会把自己收集的情报装在这种竹管里。"洪采薇将那小竹管递给骆剑峰,"剑峰,我们中间数你武功最高,就由你来保管它!若是有什么意外……"

骆剑峰毫不迟疑地答道:"我会在我死之前毁掉它!"

"天马上就要大亮了,趁日军还在福江岛东边,得马上撤退!"洪采薇最后看了一眼面前的两个人,"记住,不管怎样,至少要有一个人,要将'朝鲜'二字传回去!所以,无论如何,不要轻易战死!"

易平安笑道:"这个我擅长。"

三个人一路冲出遣唐使驿馆,易平安顺手便将一发烟花放上了天:兄弟们,任务完成了,不必拖延时间,大家各凭本事抓紧时间突围吧!

几乎是下一瞬,就有人做出了反应。

黑田如水瞳孔剧烈收缩,死死盯着远处天空中刚发射的那团烟火:"中计了!"

旁边的黑田一成和五岛玄雅都惊愕地望着他,简直不能相信"中计了"这句话会从黑田如水嘴里说出来。

"果然还是把他们当普通年轻人看待了啊……"黑田如水自嘲地笑了笑,随即肃容下令,"九番队前往西北港口阻截!他们一定会从那边出海!"

"是!"

"还有……备轿,抬我到附近的山上去。"黑田如水冷冷道,"我倒要看看,接下来他们打算如何突围!"

从遣唐使驿馆出来,最近的港口便位于福江岛西北,易平安等人一路狂奔,不多时便冲到港湾处,这些日子岛上严令封锁，渔民们无法出海捕鱼，便也懒得早起，三个人一路上竟一个渔民也没遇到。

"就……这艘船吧！"易平安选了一艘看上去比较结实，速度也不会慢的船，三下五除二解开缆绳，"骆剑峰，上船！"

骆剑峰应了一声，跳上船去，转身却见易平安与洪采薇站在岸上，丝毫没有跟着上船的意思。

"你们在做什么？"骆剑峰不由得焦躁道，"我们刚才发了信号，追兵随时会到！"

易平安抓了抓脸，咧嘴一笑："对啊！随时会到……所以你得赶紧走人！"

骆剑峰呆呆地看着他们："那你们呢？"

"黑田如水的计划十分周密，他肯定在外海安排了精锐的水军部队，敌人如果发现我们已经出海，只需要一发烟花就能调动岛外水军追击，以这些小渔船的速度，我们根本逃不掉！"易平安一口气如连珠炮般说道，根本不给骆剑峰反驳的机会，"所以我们必须让他们安心，继续把注意力集中在岛上……换句话说，必须让他们看到，我们还没来得及离开！"

骆剑峰纵身便跳回了岸上，大叫道："那为什么是我？你们两个随便谁都可以先走！我不是说过了，要让洪采薇先走吗？"

"我不能走。"洪采薇淡然答道，"上岸的人里只有我是女的，性别特征太明显，如果没看到我，他们一定会疑心我已经离开了！"

骆剑峰还打算说什么，易平安已经一把抓住了他的衣襟，脸色是从未有过的严肃："骆剑峰！你以为为什么是你？"

骆剑峰被他问得一愣，呆呆地回答："我怎么知道？"

"因为你身手最好，是最有可能突围成功的人！"易平安大吼，"你忘了为什么是我们三个一路突破到这里？你忘了为什么是洪老大杀出了名护屋城？就是为了保证任务成功，必须让把握最大的人去做这件事！"

"但……但是……"骆剑峰想要反驳，却找不出什么话好说，"就为了这份情报，只有我一个……"

"这份情报关系到大明几十万大军的调动，关系到成千上万的人命，所以才值得用所有飞鹰的命去换！不要矫情了，骆剑峰！"易平安盯着他，顿了一顿，又压低声音，"而且……也不仅是为了这份情报！"

骆剑峰本能地追问一句："还能为了什么？"

"你也清楚吧，这次登岛的情报，一样也被泄露了！"易平安一字一句道，"所以你还有一件事要做，那就是把这个出卖我们、出卖洪老大和教头们的王八蛋揪出来！"

骆剑峰愣了一愣，猛地抓住易平安的肩膀："你是不是猜出了什么？你是不是有怀疑的对象了？易平安，你脑子最好使，一定知道是谁了吧？把那家伙的名字告诉我，我发誓，豁出命也要把他揪出来！"

"我怎么可能知道是谁？但是这一次，范围已经很小了！知道我们行动的人可不多！"易平安回答，"就算是关公公、马征海，就算是腾岳道人……只要没跟我们一起出海，但是有机会知道的人，不管是谁，哪怕你觉得他再不可能，都要去怀疑，去查！如果有什么不测，你就是大明最后的飞鹰，之后的事情就全靠你了！"

骆剑峰喃喃自语："不管是谁吗？"

话音刚落,远处突然传来一声响亮的鹰唳!

三个人都愣了一愣,易平安最先反应过来:"这群不省心的家伙!"

福江岛上没有老鹰,这声音自然也不是真正的老鹰发出来的。易平安记得很清楚,这是内厂那堆小玩意儿里的一种哨子,可以发出鹰唳之声,原本是用于失散后的联络,但现在,吹响这哨子只能吸引更多的敌军!

岛上鹰唳声此起彼伏,这是幸存的兄弟们,依然在全力为他们争取突围时间!

"赶紧上船!"易平安用力拍了骆剑峰的后背一记,"回去的路上,你还有的是大把时间去想这个问题!"

这一次骆剑峰不再推辞,转身跳上船,将这艘小船驶离岸边。但就在离岸数丈的时候,他终于还是忍不住出声喊道:"采薇,平安!你们要活着回来!"

易平安挥挥手:"尽量啦,谁想死在这岛上啊?"

此时阳光终于刺破黑暗,出现在东方,而小船借着海风,片刻之间便去得远了。

"今天的风很大啊,"易平安拨了一下自己已经乱糟糟的头发,"难道又会有风暴?"

洪采薇看他一眼:"刚才你说的是真的?关公公、腾岳道人他们也有嫌疑?"

"我哪知道啊?毕竟我只知道这几个人有机会泄密而已。"易平安抓了抓脸,"骆剑峰又不是傻瓜,只是不喜欢动脑子罢了,这次就让他头痛去吧!"

而在那艘小船上,骆剑峰脸色铁青,只是用力划桨。

方才易平安报出关公公等人名字的时候,他心里突然一阵发虚，因为只有他知道，能够得知行程并且泄露出去的，还有一个人！

鬼使神差一般，对方那句话突然就出现在脑海里："难道我还会是奸细不成？"

怎么会是他？怎么可能是他？他是老一代的飞鹰前辈，他是满怀报国热忱的英雄……他怎么可能会是奸细？

骆剑峰不敢再细想下去，心中只反复盘旋着一个念头：不要是你……方大人，千万不要是你！

福江岛港口外很快出现了一群士兵，从背后靠旗看得出这是岛津家的部队，岛津军也算是九州地区的一支强军，但这么长途跋涉，一口气跑好几里地还是累得够呛，整个队列已经完全松散。看到港口还有两个人正在紧张地解开船只缆绳，为首的足轻头田村顿时兴奋起来："加把劲！突击突击！"

士兵们有气无力地应了一声，乱糟糟地朝易平安和洪采薇冲了上去，完全不成阵形，但在田村看来并不是问题，自己这边有足足三十人，对面不过两人而已，即使乱刀也砍死了！

但接着，他就张大了嘴，只见那年轻人手一扬，金光闪处就有四五人直接摔倒在地，而这两人竟直接朝岛津军队伍正面杀了过来！

岛津军这一路上已经消耗了大量体力，仓促间哪里组织得起像样的阻击？转眼间便被易平安和洪采薇突破了大半防线，田村这才想起要拿挂在腰间的号角求援，但号角刚刚拿到手里，便有一枚铜钱破空飞来，打得他手指筋断血流，号角也失手坠地！

田村哀号一声，但疼痛也让他爆出了悍勇之气，用另一只手拔出佩刀，便要与面前的敌人做殊死一搏，可惜洪采薇和易平安根本没心思和他多纠缠，洪采薇一鞭抽到他脸上，他还没来得及叫出声，易平安已经冲到面前一刀斩过，田村脖子再也没能动一下。

转眼间，易平安和洪采薇便将这一队岛津军的阵列杀个透穿，径自冲进了道路旁边的密林里！

剩余的岛津家士兵愣了好一会儿，才有人脸色难看地捡起田村尸体旁边沾满污血的号角吹了起来。

第八章 施小术引蛇出洞

黑田如水却只是满不在乎地看向天边，若有所思地问道：「五岛大人，你觉得今天的天气如何？」

太阳已经完全升起，整座福江岛笼罩在明亮的光线中。

黑田一成急匆匆地跑上山坡，向坐在松树下的黑田如水行礼："父亲，刚刚传来报告，岛津军的一支小队在港口截住了想要出海的一男一女两人。"

黑田如水失笑道："截住？"

"父亲大人明察……那支小队战死十一人，伤八人，带队的足轻头也已经阵亡，事实上应该是丧失了阻截能力，但两名密探没有坚持继续开船前进，转而又逃回了岛上，不知是有何打算。"

黑田如水挑眉道："哦？没有强行出海？看来需要对他们的评价再往上调一级了。"

"父亲大人，既然这些飞鹰如此危险，就请不要留在这么危险的地方！"黑田一成忧心忡忡地说，"现在他们正在岛上乱窜，若是撞到这里来……"

接下来的话他没明说，但在场的人都听得懂他的意思：现在黑田如水身边只有不到二十名士兵保护，这二十名士兵虽然个个武力高强，但以那些年轻飞鹰表现出的战斗力和杀伤力，哪怕只是一两个人杀过来，这日本第一军师的脑袋可能就得搬家！

黑田如水却只是满不在乎地看向天边，若有所思地问道："五岛大人，你觉得今天的天气如何？"

五岛玄雅虽然才智平庸，但由于世代居住于海岛上，所以对海上的天气了如指掌，他顺着黑田如水的视线看向远处海平面，顿时就皱起眉头："黑田大人，如果不出差错，到了下午天气就会变坏……晚上恐怕会有一场暴风雨！"

　　黑田如水追问道："多大程度的暴风雨？"

　　"恐怕是今年到目前为止最猛烈的一场。"五岛玄雅慎重地说，"黑田大人，外海的船队应该无法承受这种程度的风浪，是不是……要让他们早点儿返航？"

　　黑田如水还没回答，突然山下有一名传令兵跑了过来，大声报告："北川久贺大人到！"

　　山上众人一起皱起眉头。

　　这人他们都认得，乃是石田三成麾下，在征伐朝鲜期间打过不止一次交道，是个和他主公一样固执己见、一意孤行的家伙，原本一直是在九州岛上坐镇，现在此人突然跑过来，究竟有何用意？

　　"五岛大人，黑田大人。"北川久贺的神情和石田三成真是有七八分相似，就好像大家都欠了他好多钱一样，一脸苦相，"治部少辅大人命令我来协助二位，务必不能让明国密探逃脱了。"

　　"治部少辅真是爱操心啊……"黑田一成小声咕哝了一句。

　　黑田如水依然神情淡然："有劳治部少辅大人挂念，正如北川大人你看到的，明国密探就像是躲进风箱里的老鼠，不管是前进还是后退，都已经被切断了出路，想必很快就会全军覆没。"

　　北川久贺面无表情地点了点头："如此最好，不知道黑田大人接下来有何打算？"

"根据五岛大人所说，今天下午开始海上便会出现暴风雨，所以我准备引蛇出洞。"黑田如水慢吞吞地说，"让出一部分港口的话，明国密探急于脱身，想必会匆匆出海吧，那时候便让等候在外海的村上、九鬼、岛津等水军聚而歼之，即便是出现那么几条可笑至极的漏网之鱼，也可以全权交给暴风雨来处理——以他们能抢到的劣等渔船，在与水军缠斗后，断然不可能再撑过海上的暴风雨……"

"这不行！"北川久贺毫不犹豫地一挥手，"我们决不能放走任何一个密探！一丁点儿可能也不允许存在！黑田大人，为了保证万无一失，绝无后患，我们必须在福江岛上把敌人全部歼灭！"

这下不但黑田一成怒气盈胸，就连一旁的五岛玄雅也实在是看不下去了：这家伙以为自己是谁？不过只是仗着石田三成的权势，竟然敢对堂堂黑田官兵卫呼来喝去？真是无法无天了！

黑田如水却好像完全没注意到北川久贺的语气，只是好奇道："那治部少辅大人是否有其他建议？"

北川久贺挺起胸来，大声回答："上次那个明国指挥使便是从福江岛出海，险些逃脱，同样的错误万万不能再犯啊！所以我们一定要封锁所有的港口，再一寸寸地检索岛上所有的隐身之地，一定要把他们全部都逼出来！不留给他们一丝一毫生还的可能！"

五岛玄雅听得脸色发黑，心里是一点儿底气都没有了。福江岛虽然不大，却也不是一天两天能搜得完的，再加上风雨将至，只怕是要做一番无用功了，除非连暴风雨天气里，都不停止搜索……

且慢，按这位使者的脾气，搞不好还真做得出来！

就在这时，一声鹰唳突然在数十丈外响起！

黑田一成、五岛玄雅马上脸色大变，护卫的士兵们也纷纷紧张地举起兵器，这一切看得北川久贺大惑不解："你们在做什么？"

"是飞鹰！"黑田一成低声道，"小声一点儿！"

"飞鹰？"北川久贺先是一愣，随即便发起火来，"那不就是明国的密探？黑田大人，你们这么多人，还要被吓成这个样子？"

黑田一成阴着脸问："北川大人，你去过名护屋城了吗？"

"我一直在大阪协助治部少辅大人处理事务，没空去名护屋，所以直接赶到了这边。"北川久贺倒是很坦诚，"这跟名护屋城有什么关系？我可听说，袭击名护屋城的上一代飞鹰全都死光了，现在这批上岛的飞鹰，都是刚刚出道的新人……"

话音未落，一个满身鲜血的人从树丛里毫无预兆地冲了出来！

北川久贺的话被生生打断，他望着这个人，也忍不住退了两步。

这是个经历了怎样一番苦战的年轻人啊……

他的左臂已断，胡乱用破布条包扎着，脸上已经凝固的鲜血糊了大半张脸，有几道新鲜的伤痕，那似乎是抓痕，又似乎是被箭刺伤后留下的，身上破烂的衣服更是混杂了泥土和血迹，后背还插着几支折断的箭矢。

第八章 施小术引蛇出洞

但他的眼睛依然炯炯有神，战意升腾！

在场众人都是经历过实战的，一眼便能辨出这年轻人已经身受重伤——就像是一头到了生命终点的野兽。

但他体内还有最后一击的力量，这力量足以将任何人一起拖到地狱里去！

"抓住他！在那边！"后面已经传来了呼喊声，眼看这名飞鹰已经是插翅难逃，但他只是抬眼望着黑田如水这边，咧嘴笑了起来。

"好像还撞上了一条大鱼呀！"他右手手腕一转，绣春刀划出一道闪光的弧线，"已经杀够本啦，那就再带一个人上路吧！"

这个怎么看都已经要把血流干的年轻人，就这么直冲向黑田如水。

快得似乎自己身上一点儿伤都没有！

"拦住他！"黑田一成大吼，负责护卫黑田如水的士兵们不敢怠慢，硬着头皮迎上前去。

如水大人名义上确实已经退隐，但现任家主黑田长政是他亲儿子！如果如水大人出了什么事，可不是自己赔上一颗脑袋就能解决的！

那年轻飞鹰绣春刀翻飞，片刻就砍翻了七八名士兵，眼看离黑田如水不足十丈，但此时后面的追兵已经赶了上来，领兵武将自然是认识黑田如水的，被这惊险情景吓得魂飞魄散，大声吼道："放箭！"

数枚箭羽插入年轻飞鹰的后背。

年轻飞鹰踉跄了三两步，心有不甘地盯着前方的黑田如水。

黑田如水也定定地望着他，神情严肃，就像如临大敌一般。

黑田一成甚至已经记不清上次看到父亲露出这种表情是什么时候了。

"还是差了一点儿呀……要是平安那家伙，或者是剑峰，都一定有办法的啦……"年轻飞鹰嘀咕一句，"但是……总要试一试啦！"

年轻飞鹰大喝一声，竟不顾自己的伤势，高高跃了起来，向着黑田如水的方向一刀斩下！

黑田一成此时已经护在父亲身前，自然是不能退让，只见他咬牙横举手中长枪，硬挡了这一刀！

只听"当"的一声响，黑田一成的长枪被对方劈成了两半，以他的庞大身躯，居然也是虎口发麻，后退了好几十步才勉强稳住身体。

几乎是在同时，黑田一成那顶引以为豪的巨大牛角头盔正中间，也出现了一条令人胆寒的、醒目的裂纹——这一刀不但斩断了他的长枪，还把他的头盔前部劈成了两半，真是惊险又刺激。

只要再劈进两寸，不，一寸，黑田一成至少鼻子是保不住了！

年轻飞鹰重重落地，却再也没有爬起来的力气。

周遭的士兵们趁机一拥而上，四五支长枪一起刺入了他的身体。

年轻飞鹰勉强抬起头望着黑田如水，似乎是还要再努力一把的样子，他试着抬起右手，但终于还是慢慢停止了呼吸，垂下头去。

现场一片安静。

虽然已经杀死了这名年轻的飞鹰,但谁都高兴不起来。

"这……这就是飞鹰?"北川久贺脸色苍白地问。

黑田如水默默点了点头:"这就是飞鹰——在名护屋城的,也是这样的飞鹰。"

第九章 成功出逃福江岛

「别说什么「不管是谁最后能回去」之类的傻话……现在只有我们三个人了,当然要一起回去!」

时间已经过了中午，阳光早被厚厚的云层遮盖，海风也逐渐喧嚣起来，北川久贺跪坐在五岛家的府邸中，腰板挺得笔直，脸上肌肉绷得紧紧的，俨然有一股京都重臣使者特有的威严，周围的仆役和侍卫大气都不敢出，倒也有几个见过世面的老卒暗自嘀咕：不愧是治部少辅石田三成的家臣，连端坐的姿势都是一模一样！

　　但只有北川久贺自己知道，一定是哪里出了问题。

　　黑田如水那老狐狸，如此轻易就将指挥权拱手相让，甚至连五岛玄雅都没有回这府邸，明显摆出了一副"就请北川大人主持全局了"的架势——这绝对有什么地方不对！难道他们是等我出丑，甚至是想看三成大人的笑话？

　　岂有此理？虽然这群飞鹰确实战斗力强悍，岛上已经损兵折将数百人，但对于总数上万的大军来说不过是九牛一毛！虽然在风雨中搜索的士兵会很辛苦，但飞鹰也是血肉之躯，连夜鏖战，难道他们就不辛苦？只要再加一把劲，一定能大功告成！那时候倒要好好看看，这位日本第一军师会是什么表情！

　　福江岛上的鹰唳不知道何时已经停止。虽然不排除有人潜伏下来的可能，然而尸体不会说谎，从已经确认的尸体来看，这批飞鹰也就只剩三四个人，其中还包括情报中所说的女性……明国真是没什么人了，连女人也派出来执行这么重要的任务……

一阵狂风呼啸而过，将屋外松树的一截枝干吹折，重重落入院内，巨大的声响把北川吓了一跳，见周围的人都傻乎乎地站着，忍不住拍了一记地板："愣着干什么？去收拾一下！"

听到他发令，这才有几个仆役跑进庭院，七手八脚地将树枝和砸坏的砖瓦杂物清理出去，而北川久贺的心头又增加了一层烦躁。

虽然命令已经传达下去，但是究竟执行得如何，却没法儿一一监督。毕竟福江岛上几乎不是直属部队，天知道那些大名手下的武将又有多少小心思。再加上自己代表的是治部少辅……想到这里，就连北川久贺自己也露出了苦笑。

为了朝鲜战役，为了太阁，三成大人实在树敌太多了！在朝鲜的时候，三成大人负责统计战功，但他记功有自己的标准，为了坚持这个标准，甚至连加藤清正、福岛正则等太阁一手带出来的亲信都闹到了要翻脸的地步，更不要提其他关系并不紧密的诸侯，如今这些人听到上头指挥官变成了治部少辅的家臣，只怕现在心里已经在打退堂鼓了！

北川久贺摇了摇头，努力将这些纷乱的思绪从脑海中赶出去，现在的重中之重是把福江岛上的飞鹰一网打尽，让三成大人安心！

又是一阵狂风吹过走廊，北川久贺不自觉地打了个寒噤，但他身边的侍卫突然拔出腰刀，大喝："什么人？"

北川久贺吃了一惊，循声望去，却见走廊上不知何时多出两个年轻人。这两人一男一女，都是一副头发凌乱、衣衫破烂的模样，显得有些狼狈，但他们的双眼明亮如星，只冷冷盯着这边的北川等人，北川几乎是一瞬间就想起了在哪里见过这眼神——这正是上午在他面前战死的那个明国飞鹰的眼神！

果然是明国飞鹰！飞鹰还有幸存者！

北川久贺虽然和石田三成一样主要负责文官工作，但毕竟不是那种没上过战场的菜鸟，他一下子跳了起来，拔出自己的武士刀，吼道："杀了他们！"

"好不容易才摸过来，结果和说好的不一样啊！"易平安哼了一声，手中绣春刀已经劈向对面士兵，只是片刻工夫，走廊上便倒了一堆尸体，只剩北川久贺一人，北川久贺咬了咬牙，以自己这辈子从未有过的全神贯注举起了武士刀。

"别小看人！我可是跟着织田信长大人一路过来的，初次上战场的时候你这小鬼还没出生呢！"

"咦，这家伙有点儿意思！"北川久贺认真起来，易平安居然被这武士逼退了两步，"不是乱砍哎！"

北川久贺眼见逼退对方，顿时精神大振，大吼着冲上前去用全身力气斩出一刀，易平安也不敢怠慢，举刀相迎，但就在北川久贺冲过来的时候，斜刺里飞出一道鞭子缠在他手上，这鞭子将他往前狠狠一拖，本就在全力冲刺的北川久贺顿时失去平衡，往前多冲了几步，就这么撞上了易平安的刀口，易平安的绣春刀直刺入北川久贺胸口，望着自己胸前喷涌而出的鲜血，北川久贺无论如何也不能接受自己能这么死去！

"哪里还有时间给你胡闹！"洪采薇皱眉看着眼前倒地的日本武士，"看来这人不是那黑田官兵卫！"

"当然不是，黑田瘸了一条腿，你看这人刚才跳得多欢……也不是五岛玄雅，年龄对不上。"易平安望了望一片死寂的走廊和仆役们全都逃光的庭院，吐出一口气，"难道这位黑田官兵卫料到我会拿他出气，先跑掉了？不愧是日本第一军师，神机妙算，佩服佩服。"

洪采薇沉默了一会儿，开口道："这一路上，一个都没碰到……应该……应该是……没有了。"

易平安顿时也沉默下来。

洪采薇没有指明"没碰到"的是谁，但易平安心知肚明。

这一路上，一个活着的飞鹰同伴都没碰到！

不仅如此，福江岛上原本此起彼伏的鹰唳声，也在一个时辰之前就彻底听不到了！

这一切意味着什么，两个人都非常清楚——此次千里同行，并肩作战的其他战友，只怕真的已经全部覆没！

在离大明数千里之外的日本，在这座福江岛上，现在只剩下了他们两个人，四下皆兵，举目皆敌！

本来两人早已将生死置之度外，憋着劲儿杀到五岛家的大本营来，就是想把这个日本第一军师送去给洪老大和兄弟们陪葬，不料黑田如水行动如风，竟连个影子都没留下，福江岛偌大地方，又有成千上万的追兵，要再去哪里才能找到这只老狐狸呢？

"平安，大家都不在了，接下来……我们要怎么办？"

易平安一时无语。

战友们都不在了，就连想要狙杀的对象也不见踪影，所有目标都已经失去，这一路数千里奔波，难道最后就这样草草了事，再砍杀几个日本小兵后战死了事？

他望了望已经乌云密布的天空，一瞬间做出了决定："洪姐姐，要不要再拼一次？"

洪采薇苦笑："都到了这个地步，还有什么不能拼的？你想干什么，说吧！刀山火海陪你走就是了！"

"只有骆剑峰那家伙一个人突围，我始终有点儿不放心。"易平安道，"现在是我们能脱身的最后时机了，不如抢条船回大明吧！"

洪采薇瞪大了双眼："这时候你还想着出海？风暴都要来了！"

"所以这才是我们出海的好机会啊！"易平安回答，"风和日丽的时候固然更安全，但那种情况下怎么对付日本水军的战船？只有这种风暴天气，才能最大限度削弱他们的优势！"

"然后就听天由命吗？"

"不，然后我们的敌人就只剩下老天爷了。"易平安露出一丝微笑，"怎么样？洪姐姐，要不要和我拼这一把？"

洪采薇哼了一声，转身向走廊外走去："那你还等什么？"

虽然已经下定决心，但易平安心里还是忍不住染上一丝小小的遗憾。

真的就只有我们了吗？那么多同伴，真的全部牺牲，一个都没留下来吗？

哪怕再多活下来一个人，一个人也好啊！

两人翻出宅邸围墙，却迎面撞上了两个日本武士和十几名士兵，原来是逃走的仆役通知了附近守卫，离得最近的人连忙赶过来，当下两边战成一团，但这群人只是五岛家下级士兵，哪里挡得住他们？

片刻之间便死了一半，余者纷纷逃散，只有一个武士兀自不甘，抓起号角便要吹响，易平安这才吓了一跳，但他身上的铜钱早就用光了，一时居然束手无策，眼看着那号角就要吹响——可想而知，接下来用不了多久，四周追兵便会蜂拥而至，那时候还谈什么突围出海！

然而号角没有被吹响。

那个武士突然露出一副古怪的表情，随即便轰然倒地，原来他脑后深深地插入了两支弩箭，自然死得透彻。

易平安和洪采薇无暇管这武士死活，他们只是瞪大了双眼，难以置信地看着武士的身后。

星如雨气喘吁吁地站在那里，手持一架短弩，她的样子比易平安和洪采薇还要狼狈一点儿，全身湿漉漉的，头发乱糟糟地贴在脸上，衣服上也满是泥浆。

易平安呆呆地看着对面的女孩子，开口道："如雨？"

这简直就是天降之喜！真的还有同伴活了下来！

看到易平安和洪采薇，星如雨嘴巴瘪了一瘪，一下子冲了过来，却没有冲到易平安面前，而是一头扎到洪采薇怀里放声大哭："洪姐姐，我以为再也见不到你们了！"

洪采薇也是百感交集，抱着她抚慰了半天，好不容易才在易平安提醒下继续出发。这次带上了星如雨，三个人都是精神振作，顺便在路上了解了一下星如雨的情况，原来她偷偷跟着五岛家的船回到岸上后，本想与其他人会合，但岛上战况激烈，她一个人根本无法靠近，反倒是陆续目睹了好几名飞鹰的牺牲，一度以为同伴们都凶多吉少，但这丫头没有绝望，反而发了狠心，竟和易平安等人想到了一起，打算进五岛家搅个天翻地覆——幸好在冲进去之前就遇到了易平安他们！

"你这丫头！"易平安一边赶路一边唉声叹气，"幸好遇到了我们，要不然里面除了一个不知道是谁的替死鬼，连个像样的目标都没有！那时候你要怎么办？"

星如雨乍遇亲友，正是心情激动之时，闻言不假思索道：

"实在找不到人，我就抢条船回大明去！"

"你还真敢想！就现在这样恶劣的天气，你还妄想着回大明？"

洪采薇听不下去了："够了，逗如雨好玩吗？我们现在是在做什么？"

易平安干笑道："准备抢条船回大明……"

正如北川久贺所担心的，在得知指挥者换成了石田三成的使者后，各支部队的搜索动力明显下降，甚至出现了一些小队在长官率领下公然怠工，躲到背风处偷懒的情况："都已经死了这么多明国密探，剩下的几个就交给其他部队去立功吧……"

在这种怠惰的气氛中，易平安等人竟顺利冲到港口，总算在这里遇到了倒霉蛋——倒也不是士兵，而是几个渔民不放心自己的船，跑过来想要把缆绳再绑牢一些，见到易平安他们几个皆大惊失色，但随即就都从身后拔出佩刀来，竟是要搏一搏的样子。

看得洪采薇微微皱眉："都说日本刚结束乱世不久，民风彪悍，果然如此……"

"彪悍？何止是彪悍？"易平安哼了一声，提刀就上去与这几个渔民交锋，这些渔民迅速败下阵来，其中两个当即就想逃走，却被易平安从背后一人赏了一刀，剩下的渔民见状也想要拼命反抗，但又哪里是他的对手？也不过是片刻工夫，这处港口便只有易平安三人还站着了。

"是不是太过分了？"洪采薇忍不住问，"区区几个渔民而已，逐走就是了，就算他们去通知追兵，也来不及阻止我们出海吧？"

"洪姐姐,你忘了,现在外海说不定还有日本的水军战船等着我们呢——当然,我下杀手也不是出于这个原因。"易平安顺手捡起一把渔民的刀,"这是大明官军的佩刀……你觉得他们是从哪里得到的?"

洪采薇和星如雨皆一愣,随即洪采薇率先明白过来:"他们曾与大明官军交战过?"

"普通日本渔民如何能与大明官军交战,还沾沾自喜地将对方的武器随身携带?"易平安冷笑道,"我只知道一种人会这么做——倭寇!这些渔民,都曾经是倭寇,而且不知道什么时候就会卷土重来!我就先在这里,替大明官军解决几个浑蛋好了!"

洪采薇和星如雨默然点头,认可了易平安的说法。这时天空一道白光闪过,接着豆大的雨点便伴随着巨雷噼里啪啦地砸了下来。

"是时候了!"易平安道,"再不走就真来不及了!"

福江岛外数里,几艘战船正顶着风雨向港口驶去,船的风帆上画有一个大大的圆圈,圆圈里写着汉字"上"——正是毛利家水军大将村上武吉的家纹。

村上武吉此番本来也憋着一股劲要立下功劳,但这股劲在连续数日的蹲守、指挥官的更换和天气的变化下已经泄了大半,到了今天中午,这位水军大将索性不耐烦地把自己灌得半醉:"就算换了个废物北川来指挥,黑田大人之前布下的天罗地网也足够把那些明国鼠辈一网打尽了!北川那家伙,一定是奉了小心眼石田的命令要抢功,反正这种事他在朝鲜就做过了!看着吧,这次我们在海上一定是白费劲啦!"

总大将在那边牢骚满腹,手下们不敢搭腔,此时风骤雨急,眼看着更大的风浪就要到来,还是集中精神先回到港口再说!但就在能隐隐约约看到福江岛影子的时候,村上水军的一名水手突然瞥见数十丈外的海面上刚刚似乎浮现了什么东西,但他再定睛望去时,那个东西已经消失在海浪中,甚至连他都不能确定自己刚才是不是产生了幻觉。

"一条鱼?一艘船?"这水手抹了一把脸上的雨水,脑子里转着念头,"该不会就这么巧,遇到了要出海突围的明国密探?这么大的风浪,他们是要找死吗?"

就在他疑惑之时,那个东西在更远处的浪尖上又浮现了一下,这次他看清了,确实是一艘船——准确来说是船底,这艘船显然已经倾覆,倒扣在了海面上!

"这艘船完了!"水手马上做出了判断,但是作为一个有十几年海上经验的老练水手,他也迅速判断出如果此时船队要掉头追赶这艘倒霉的船,同样需要费不小的劲,甚至在这么大的风浪中能不能保证平安都是个问题!

要不要马上报告?

水手这次真的犹豫了,他看看总大将所处的船舱,再看看其他同伴,显然没有一个人发现那艘船,而在这片刻犹豫的时间里,村上水军的船离这个目标又更远了。望着正逐渐展现出骇人力量的大海,水手最终决定装作什么都没看到:"如果报告上去,船队掉头去追,最后却发现船上没人的话,村上大人怕是要把我丢到海里喂鱼……反正这条船上就算有人,不管是谁,他们都死定了!"

就这样,村上水军的战船没有丝毫减速和转向的迹象,径自驶向福江岛。事实上,由于洋流和风向的关系,眼下水手们即使全神贯注,想要顺利进港也不是件容易的事情,自然更不会有人注意到身后波涛汹涌的洋面上，近百丈外是否有什么疑似船只的物体一闪即逝。

又过了足足一刻钟，那艘破船的船底才再次浮上水面。

这一次它却没有再沉下去，而是突然翻了个个儿，歪倒在一侧的水里——原来这只是半截破烂的船底，而在它的下方居然还有一艘完好的船！

易平安像蚱蜢一样从下面这艘船里跳了起来，冲到船舷边将绣春刀用力斩下，他身边的洪采薇和星如雨也是照此方法，几条绳子应声而断，整条船也随之往上升了一升。

易平安抹了一把脸上的水，长长地舒出了一口气："总算是成功了！"

他们用绳子绑上石头让船尽量吃水，又找半截船底盖在甲板上伪装，一路小心翼翼，终于成功瞒过敌军，逃出了福江岛！现在风高浪急，再不会有人发现最后三个明国密探已经成功脱身！

易平安满意地望向福江岛方向，那个方向目光所及只剩下汹涌的海浪，连一点儿岛屿轮廓都看不到了。

"平安……"星如雨却在这时候发出了迟疑的声音，"我们……真能回得去吗？"

易平安愣了一下，转过身看到星如雨呆呆望着前方，显然对自己眼下的处境没什么信心。

这也是理所当然，此时此刻，在无边汪洋中，只有这艘小舟，将要面对天地间无可比拟的狂暴之力！

暴雨倾盆而下，闪电在乌云间若隐若现，雷声响彻四野，狂风从四面八方袭来，让整艘船都失去了自主操控的力量，而带给人巨大压迫感的，则是前面不时升起的深色的巨幕水墙！

第九章 成功出逃福江岛

这是常年生活在陆地上的人无法体会的恐惧，望着那十余丈，带着白色泡沫浪花的巨浪之墙，很少有人能镇定以对，更何况这面墙当真是威力无穷，再大的战船一头撞上去也可能粉身碎骨。在这个时代，自然之力依然是人类不可企及、无法征服的力量！

易平安和洪采薇一左一右，握住了星如雨的手。

"就像平安你说的一样，摆脱了日军，接下来的对手就是老天爷了。"洪采薇道，"别想太多，这是我们一起选的路，一起面对吧！"

星如雨也点了点头："反正，不管是谁最后能回到大明，都要完成大家最后的愿望！不仅仅是传回情报，还要抓住那个……奸细！"

说到"奸细"二字时，她也忍不住语气低沉。

事情到了这种地步，谁也不敢确定那奸细的真实身份，毕竟这次能掌握飞鹰行程的人实在太少，而她的义父关敏和另一个相熟太监马征海恰恰就在其中。

纵使星如雨想要为义父分辩，也不知从何说起，更何况……人心难测，谁能保证不是这两个人有意或无意间走漏了消息？

但如果真的是马征海，甚至真的是关敏，那时候她要如何自处，要如何面对枉死在福江岛的朋友们？

易平安望着前方的汹涌海浪，咬紧了牙关："别说什么'不管是谁最后能回去'之类的傻话……现在只有我们三个人了，当然要一起回去！"

"平安，这个时候你就不要哄我们开心啦。"星如雨苦着脸道，"老实说，我现在腿都在发抖！"

"我可是认真的！"易平安大声回答，"无论如何，我都没打算死在这里，我也不许你们死在这里！不管用什么办法，我都要让大家活下去！"

"这句话，我记下来了。"洪采薇笑道，"那我就看看你接下来要怎么做吧！"

易平安望着前方，这时候一道新的巨浪已经高高抬了起来，正要向着他们的小船拍下，这一击之下，只怕这条船就要四分五裂！

"抓紧！"易平安大喊，"避过它的浪峰，然后……穿过它！"

巨浪伴随着震耳欲聋的咆哮声席卷而至，一瞬间小船就被吞没了。

这场风暴是在第二天下午才逐渐平息的。

阳光慢慢透出云层，黑田如水、五岛玄雅、黑田一成都来到一处空地上，两名士兵正守在此处，他们身后的空地上摆了十几具草席遮盖的尸体。

"根据统计资料，能找到的飞鹰尸体都在这里了，共计十一人。"五岛玄雅道，"要不要按惯例，切下首级送往京都给太阁大人观礼？"

"十一人……"黑田如水叹了口气，"五岛大人，我记得最初的情报说是有十九人吧？"

"大人明鉴，但……岛上刚刚被风暴肆虐，多处山体塌方，不少尸体都被掩埋，实在是不好确认啊。"五岛玄雅叫起苦来，"而且水军报告说，至少有两个人是留守时与船同沉的……要凑齐十九颗首级，这恐怕很难啊！"

第九章　成功出逃福江岛

"其实也不是没有办法……"黑田如水咕哝了一句,"不过五岛大人想必不会同意,所以当我没说。"

五岛玄雅当然知道黑田如水在说什么——横竖太阁大人也不知道飞鹰长什么模样,在岛上随便找几具尸体砍了头,凑足数量送过去似乎也可以交差,但治部少辅他们不是傻子,万一看出了明国人与日本人的区别,那可就是自寻死路了!

"五岛大人还得想明白一件事,一旦把事情搞得太隆重,治部少辅那边……"黑田如水这句话说出来,五岛玄雅还有什么不明白的?那位北川久贺大人的棺材现在还在筹办呢!功劳没抢到反而被杀了一个家臣,著名的小心眼儿石田三成会给五岛家好果子吃吗?干脆就联合诸家大名,草草报告了事!

"如水大人教训得甚是!"五岛玄雅大声道,"这些尸体就地掩埋,只向京都报告说敌人全军覆没便是了!"

等五岛玄雅去吩咐手下处理的时候,黑田一成才轻声开口:"父亲,真的就这样处理吗?好几个飞鹰的尸体没找到,而且港口的船只统计也有问题……很可能有人趁乱出海了啊。"

"北川死亡后的混乱只持续了很短时间,在这么短的时间里就能抓住时间突围,最终我还是小看了这些年轻人呢。"黑田如水望了儿子一眼,只淡淡问道,"但是,你认为最坏的情况是什么?"

"最坏的情况?"

"我告诉你吧,有飞鹰逃走的最坏情况,就是当太阁大人重新组织征朝部队登陆时,发现明国大军已经严阵以待,"黑田如水说到这里时,声音压得极低,但眼中流露的凶光怎么都藏不住,"但只要嘱咐你大哥长政小心行事,那其他的事情——和黑田家有什么关系？难道又有什么证据可以表明这一切都是因为福江岛逃出了几个飞鹰？"

这一瞬间，黑田一成终于看清了父亲的内心真意：那是虽然深藏却从未真正消失过的名为"野心"的暗流！这暗流在丰臣秀吉的压制下不得不暂时潜伏，但父亲一直在寻找暗流重新喷薄而出的机会！

"或许太阁大人也是觉察到了父亲的欲望，才刻意打压他……"黑田一成心中如此想着，嘴里则问道："父亲大人，我们这样的准备……要持续到何时呢？"

黑田如水总算露出了满意的笑容："只要老实侍奉到太阁大人归天，黑田家的忠义就算完成了吧——一成，你是不是在想，就算太阁大人不在了，以黑田家不到二十万石的领地，想要问鼎天下也非常困难？"

黑田一成恭敬地低下头去："父亲大人定然思谋比我长远。"

"不是长远，而是人之常情。"黑田如水举起手指点着四方，"你以为太阁大人统治下的日本，就真的风平浪静吗？德川，毛利，藤堂，伊达，岛津……我倒是很好奇，真的到了那一天，能有几个沉得住气！说不定现在就已经有人和我们一样，在暗中谋划了！"

"谋划什么？"五岛玄雅这时刚巧回来，听到黑田如水的后半截话就像捡到宝似的，兴冲冲跑过来，"如水大人可是有什么真知灼见？五岛玄雅愿意聆听！"

黑田如水哑然失笑，看了这位也不知道是聪明还是蠢笨的五岛家领主半天，最后摇了摇头："太远了，五岛列岛离真正的战场太远了……五岛大人，那就记住我的这句话吧，以五岛家的力量和位置，真正有大事发生时，只要保持中立就足够了。"

五岛玄雅听得似懂非懂，黑田如水已经闭上眼睛，将身体陷入背后的椅子里说道："走吧，该回去了……回九州，回家去了，一成！"

只有离他最近的黑田一成才听得到黑田如水仿佛梦呓一般的低语："都已经逃出了我的手心，要是全都折翼在风暴里，会令我很失望啊……飞鹰。"

第十章 锦衣卫全军覆没

从今天起,飞鹰已不复存在,属于我的那段飞鹰历史,也让它就此断了吧!

从福江岛最南端出海，再往南一百余里的海上，有一片小小群岛。

这片岛屿孤悬海外，故而只有渔民会偶尔将此地作为临时停泊据点，大风暴来袭时，更不会有人在岛上停留。

今年最大的一次风暴过后的第二天，一艘明显是来自大明水师的福船停靠在了其中一座岛上。

"下船，下船！"一个身手矫捷的人跳下船来，"都给我仔细点儿，厂公可在船上看着呢！要是出了什么差错，我就把你们抽筋扒皮！"

更多的人蜂拥下船，若是有大明百姓看到这些人的衣着，绝对是能有远躲多远——这可是比锦衣卫更加凶名远扬的东厂番子！

这条船的甲板上，站着的正是现今大明权势最大的两位公公。

只是代掌司礼监的金悦公公此刻脸色不大好看，觉得自己似乎是忽视了一件事：东厂厂督胡凌虽然算是自己的铁杆盟友，但他的属下对他的忠诚度是不是过高了一点儿？刚才那个带头掌班，可是从头到尾一个字都没提起过自己这个司礼监最高长官！

当然，这些都是后话，眼下最重要的事情，乃是抢在方从云之前拿到日本情报！

为了这次行动，他带来了整整一船人，这近百人俱是东厂好手，要应付十几个从日本逃回来的家伙还不是手到擒来——很可能根本就没有十几个了！

　　只是等他下船，在还没干透的沙滩上踩了几脚以后，整张脸都要皱到一起："这种鬼地方，一脚踩下去，泥浆能没到脚面……还是早点儿办完，回北京城是正经！胡凌，把人都散出去，务必尽快找到那群小鬼！"

　　这座岛虽然没大到能容纳常住居民的地步，但好歹也有方圆几里地，几十个番子要搜遍全岛还真要费点儿功夫，不过这次金悦没等太久，只片刻工夫，就有个东厂档头急匆匆返回，对胡凌耳语了几句。

　　金悦顿时又不爽了几分：或许等回了大明，该考虑好好整顿一下东厂了。

　　胡凌对金悦倒还恭敬，马上转过身来对他道："金公公，情况只怕有点儿不妙，岛那边发现了锦衣卫的船也停靠在岛上！只怕……"

　　金悦一愣，连忙追问道："有没有看到方从云？"

　　"那倒不曾！"

　　"他们要做什么……"金悦原地又转了几圈，紧皱着眉头，再问胡凌，"锦衣卫在这座岛上接应飞鹰，不会有错吧？"

　　胡凌回答得斩钉截铁："不会错，这是我们安排在锦衣卫里的钉子传回的消息！"

　　"……我明白了！"金悦一下子恍然大悟，"飞鹰还没到！他们也在等！"

　　"原来如此！"胡凌也觉得这是最靠谱的推测，"那我们现在要如何做?"

金悦盯着他道:"那边锦衣卫有多少人?"

"大约二十人。"

"我们人数是他们四倍之多,怕什么!"金悦表情狰狞,"先过去打个招呼,让他们放松警惕,等飞鹰来的时候,我们就……"

他的手掌往下轻轻一切。

胡凌摸着自己光滑的下巴:"有理!事后把尸体往海里一丢,死无对证!而那份情报,方从云就再也没有机会拿到手!"

这两个人在大明的地位也算是高高在上,但说起这杀人越货的法子,却是连眼皮子都没眨一下,和两个山贼头子没有一点儿区别。

主意既然打定,金悦便招呼所有番子返回,浩浩荡荡地赶到锦衣卫那边。

不出所料,锦衣卫们看到司礼监的人突然杀过来,都是大为意外,纷纷把手放到了绣春刀上,金悦看得好笑,开口道:"我是司礼监金悦,代陈矩公公掌印,你们这里谁是管事的?"

便有一个锦衣卫千户走上前来,满脸不情愿道:"在下岳望,北镇抚司千户……金公公,你这千金之体,怎么跑到这荒岛上来了?"

金悦微笑道:"听说洪指挥他们舍命护下的情报,被一群新人锦衣卫给夺了回来,司礼监自然要过来以策万全……你看看,你们锦衣卫才派出二十号人,也未免太漫不经心了,还是让东厂来护送吧!"

这话暗带威胁，便是要让锦衣卫认清人数差距，若真翻脸，吃亏的绝不会是司礼监！

果然那岳千户望了望金悦身后的人群，脸色异常难看，只还是逞强道："金公公，这座岛上除了我们，连半个活人都没有，何必如此小心？"

"小心驶得万年船，这句话用在这里再合适不过啊！"金悦指指他们身后，"司礼监就连船都比你们的大！怎么样？等情报送到，就跟我们一起返航吧？"

"……多谢金公公关怀，兹事体大，等到时候再说吧。"岳望一脸晦气地回答。

胡凌在旁边追问："你们停留在此处，莫不是飞鹰一会儿会从这边海上过来？"

岳望翻个白眼："正是。"

"那我们就放心了！"金悦尖声大笑，"东厂的孩儿们，都给我打起精神来，一会儿让锦衣卫的朋友看看我们的本事！"

锦衣卫们都爱搭不理，只当他是在说废话：这荒郊小岛，一个人影儿都不见，要看你什么本事？莫非你们还能表演个胸口碎大石？

金悦哼了一声，也不再废话，跟胡凌心照不宣：这本事自然是要你们看到的，至于看了以后是个什么下场，可就由不得你们！

两拨人站在岸边僵持，泾渭分明，就像是较上了劲一般。

也不知站了多久，就在金悦开始不耐烦的时候，突然有个东厂番子喊了一声："来了！"

金悦精神一振，定睛望去，果然在远处海面上有一艘小船，正朝这边驶来。

"没想到他们还真能把情报给带回来……"胡凌小声说道，"不过这条船也就能装四五个人，看来飞鹰这次大伤元气！"

"等把他们杀光，就不是伤元气的问题了！"金悦冷笑道，"以后大明就是我们司礼监的天下……还愣着干什么？去占位置，等他们一靠岸就下手抢！"

"遵命！"

顿时东厂番子们便跳了起来，向前方蜂拥而去，锦衣卫们大声叫骂着向前，但东厂人数比他们多出好几倍，哪里挤得过对方？一时间呼喝叫骂声连绵不绝，锦衣卫们眼看着就要被挤到后面去！

金悦仰天大笑，与胡凌一起走到最前面，双手叉腰，只觉得天下大势尽在掌握，今日拿到扳倒方从云的证据，厂卫全捏在手里，朝堂之上又还有谁，胆敢违逆自己之意？大明两百多年，权宦无数，但如今毫无疑问，自己必定将是站在最顶峰的那个！

但就在他志得意满之时，胡凌却突然"咦"了一声，指着那艘越来越近的船道："等下，情况不对！"

金悦一愣，也定睛望去，顿时呆在当场。

小船甲板上站了两人，一男一女，男子高大健硕，女子娇小依人，显然不是什么飞鹰——那是锦衣卫指挥同知方从云和他的爱妾！

"这是怎么回事？"金悦震惊地回头，要找那个锦衣卫千户算账，"说的是飞鹰，怎么方从云跳了出来？还带着爱妾？"

但就在他转身的瞬间，一股带着腥味的温暖的液体溅到了他的脸上！

原本被东厂番子挤到最后方的锦衣卫们，已经拔出刀来朝番子们毫不留情地砍去，就这一眨眼工夫，东厂已经倒下去十几人！

原来刚才的液体，是一个东厂领班被当头一刀劈倒，溅出来的鲜血！

"岳望！"金悦又怒又惊，"怎么是你？你想要造反吗？"

岳望根本没理他，侧身捅翻一个番子，又甩手丢出去几枚飞镖，把另外两个人打翻在地，那飞镖的轮廓映入金悦眼中，顿时他瞳孔一缩。

这不是锦衣卫的飞镖，这是忍者的手里剑……几乎就在同时，从沙滩四周的岩石和树木后又杀出了一群人，这些人不是锦衣卫，而是货真价实的忍者！

这是一个陷阱！

伪装成锦衣卫，单等着东厂踏入陷阱！包括那个"岳望"在内，全都是忍者！锦衣卫竟然和忍者勾结……方从云这厮，一开始就打算要除掉自己！

虽然勉强想清了来龙去脉，但金悦自己却犯下了最后一个致命错误。

或许是因为在内廷钩心斗角太多，习惯了出事就先推诿于人，金悦竟本能地转过身去，愤然指着离岸边只有二三十丈距离的方从云怒吼道："方从云！原来你就是奸细！"

方从云微微一笑："正是。"

还没等金悦说出下一句话，岳望已经扑了上来，从金悦背后探出一双手，一只手抱住他的头，一只手一刀便割断了他的咽喉！

这时候还在人群中厮杀的胡凌总算反应过来，对方既然已经布置万全，那留在这里继续战斗就是愚蠢至极，此时不走更待何时？

他一声呼哨，幸存的几十名东厂番子马上掉转方向，没命地向来时方向逃去。

只要上了船，就有机会逃出生天！

而那些忍者又怎么可能放任他们离开？

两路人马一前一后狂奔不止，眼看去得远了，这边战场便只剩下满地尸体和几个站着的忍者，其中便包括那位锦衣卫千户岳望。

"原来是首领亲自来了。"看到岳望之后，青木千夏松了口气，"如此一来，便可大功告成了吧……夫君，这次围剿飞鹰，你也立了大功，首领不会亏待你的。"

方从云只是眯起眼睛，看向岸上的"岳望"。

那当然不是岳望，那是甲贺首领望月风太郎。

"可惜……"

方从云轻轻念了一句，青木千夏没有听清，问道："夫君说什么？"

"没什么……"

望月风太郎也看着方从云，他当然能看出方从云依旧有些桀骜和不甘，正如青木千夏前几次报告里提及的那样。

不过那又有什么关系？你已经做了那么多丧心病狂的事情，难道还想反悔？还能回头？

望月风太郎微微一笑，正要对方从云说点儿什么，突然后背一痛,他几乎是本能地一个前扑,试图躲过这次袭击,但四面八方都是暗器破空之声,转眼之间他身上就中了七八枚手里剑,而他也看清了袭击者。

"古村茂助!"青木千夏惊呼出声,"你这是在做什么?你……不对,你和你所属的部队都背叛甲贺了吗?"

袭击望月风太郎的,正是他的手下,同为甲贺忍者的古村茂助!

除了古村茂助,其他几名留下来的忍者也全都加入了这次袭击,在如此近的距离下突袭,彼此间又知根知底,望月风太郎纵有千般本事也难逃一劫,四把忍者刀一起插入他的四肢,古村茂助则跟上来一刀刺入望月风太郎心脏位置。

"古村……你……"望月风太郎只说出了这句话,就垂下了头。

堂堂甲贺最高首领兼最强忍者,居然就这么戏剧性地被手下人袭击,死在了一座海外荒岛?青木千夏简直无法相信自己的眼睛,她厉声质问正慢条斯理擦拭血迹的古村茂助:"古村,你是不是疯了?"

古村茂助看她一眼,摇头道:"我没疯。"

"那你为什么……"青木千夏话音未落,便觉得自己后背剧痛传来,她全身都震了一震,慢慢扭头看向身边的男人,"你……是你……"

方从云依然面带微笑,他一手托住青木千夏,一手握着那柄刺入青木千夏身体的匕首,摇摇头道:"可惜了啊,千夏……真的可惜了。"

"古村……他投靠了你吗?你到底……你到底要做什么?"青木千夏眼前一阵阵发黑,但还是满心不甘,更有满腔对自己的懊恼：明明知道这男人充满野心，行事果断狠毒，迟早会不受控制，为什么没有早下决心，说服首领用全部力量将他除掉？

"千夏，我真的不想杀你，一日夫妻百日恩，我们做了这么久的夫妻，终究是有点儿感情的。"方从云温和地说，"如果你能再倾向我一点儿，如果你不是时刻都想着甲贺的事情……可惜啊可惜，如果你爱我再多一点儿，我说不定真的会放你一马。"

"不……你不会的。"青木千夏已经明白了自己的处境，她艰难地摇了摇头，带着苦涩的表情回答，"方从云，你永远……不会为别人考虑的……只要……断定杀了我你就会有好处，不管我爱不爱你，不管……我多爱你，你一样会动手的！"

方从云挑起眉毛："你说的也有道理。"

接着，他便把匕首往青木千夏身体里再送入了几分。

古村茂助始终不发一语，站在原地目视方从云轻柔地将青木千夏的尸体放平在船头。

"古村，你很聪明，知道选哪边才是正确的。"方从云缓缓站起来，看向岸上的忍者，"你放心吧，只要衷心站在我这边，我绝不会亏待你。"

"自从答应方大人你之后，小人本来也没有退路。"古村茂助看了看自己周围的几个同伴，沉声回答，"只希望方大人信守承诺。"

"只要按照我的计划走，一切都能实现！"方从云倒背双手，悠然道，"等我统合大明锦衣卫与内廷，再掌控甲贺，大明与日本两国的情报来源尽数操于我手，到时候只要略施手段，千万人的死活，一言决之！到时候让你们摆脱忍者身份，来日出人头地，只是小事一桩！将来还有更好更光明的前途等着你们！"

古村茂助盯着方从云，有点儿迟疑地开口："方大人，你莫非……是想做明国皇帝？"

"我为什么要做皇帝？"方从云失笑道，"要掌控天下，翻手为云，覆手为雨，又不是只有当皇帝一条路可走——现如今的大明皇帝长居深宫，多年不出，影响、诱导他的判断，让他跟着我们的思路走，岂不是比直接谋权篡位容易得多？"

古村茂助听得连连点头："小人会全力清剿依然忠于望月风太郎的残党，保证不耽误大人的正事——你们几个还愣着干什么？先去把东厂的人全部解决！"

方从云悠然补充一句："尸体全部丢进东厂的船里，然后把船凿沉便是。"

等忍者们全部撤退，只剩下方从云和古村茂助两人之时，方从云才一跃上岸，连忙对古村道："你很谨慎，很好。"

"大人明鉴，事关机密情报，自然是知道的人越少越好。"古村茂助收起了刚才的谄媚表情，正色道，"根据截获的情报，黑田如水向京都发出的战报里明确表示，侵入福江岛的大明锦衣飞鹰……已经全军覆没！"

饶是以方从云的心机，也忍不住精神一振："可证实了吗？"

"当时战况混乱激烈，福江岛上的部队又分属多家大名，再加上有风暴侵袭，具体过程很难确认，不少部队都报告说自己斩杀了飞鹰……但把他们声称杀死的飞鹰加起来，能有七八十个！"说到这里，古村茂助也有点儿尴尬，"不过我们能确定的是，至少有十具以上的飞鹰尸体被集中掩埋，还有一些待确认。综合搜集到的情报，飞鹰全部战死的事实应该是被公认的。"

"是吗……"方从云闭上眼睛，把刚才出现在脑海的那些年轻人的形象驱逐出去，"都死了啊……死了就好！"

"此外……"古村茂助又递上一张纸，"这是青木千夏最近两次传回甲贺总部的报告，全都在中途被我们截下来了。"

方从云跟日本人打了这么久交道，再加上日本人书写也以汉字为主，阅读这份报告自然毫不费力，只是他一行行看过去，脸上的表情也发生了变化。

方从云心机深沉，属下判断他另有目的，但不敢妄动……

属下今日整理方从云留在家中的文书，发现他似有绕开属下，勾连甲贺同僚嫌疑，不知首领是否知情。

……属下妄自判断，方从云对骆剑峰青眼有加，并非出于愧疚或真正赏识，而是要将其作为挡箭牌……

方从云最大的心病便是因于甲贺的易水寒，他应是时刻准备着面对最糟状况……

易水寒恨方从云极深，以其性格，可能不顾自己儿子性命也要替同僚讨回公道，但如果面对的是骆如虎之子，就可能令易水寒投鼠忌器，不敢轻举妄动……

"真是令人刮目相看啊，千夏。"方从云随手一搓，纸张便化为碎片飘入海中。

他蹲下身，一边温柔地抚摸着青木千夏的头发，一边说道："居然被你猜出了我的真实目的，这些年来，你一定是夜以继日，用全部精力在观察我吧？我真是越来越觉得……可惜了啊！"

青木千夏自然再也不能回答他了，但是古村茂助看着方从云的举动，心中却陡然升起了一股寒意。

"古村，有一件事……"方从云慢吞吞道，"望月风太郎已死，那么能不能想个法子，顺便把易水寒解决了？易水寒只是一介囚犯，杀起来应该不难？"

"这却是有点儿特殊。"古村茂助有点儿犹豫，"甲贺的监狱一向戒备森严，虽然望月风太郎已经死了，但我也未必能随意进出，再加上当日小早川隆景亲自下令，易水寒由甲贺和伊贺忍者共同看守，我们两边向来不和，互相牵制提防，才免得有人对易水寒不利……除非我们彻底撕破脸，否则伊贺那边要解决还得费一番功夫。"

"……好吧，那就暂时不管易水寒，先解决望月风太郎死后的问题。"方从云略微不甘地撇嘴，"我这边要集中精力统合厂卫和内廷，日本方面交给你负责……稳妥为上，不要引人注意，明白吗？"

"小人知道。"

方从云回头看了看西面那一望无际的海洋，即使极目远眺，也只能看到海平面尽头的白云而已。

但他知道，在更远的地方，在那片辽阔的土地上，属于自己的挑战才刚刚开始。

从今天起，飞鹰已不复存在，属于我的那段飞鹰历史，也让它就此断了吧！

数日后，消息传入紫禁城，内廷震动："锦衣卫骆剑峰等十七人，于前往日本夺回前指挥使洪天罡等人留下情报的途中遇袭，损失惨重，幸得指挥同知方从云接应，将情报顺利带回，但骆剑峰等十七人全部殉职——同时，司礼监代掌印的秉笔太监金悦、东厂提督胡凌，另带东厂精锐八十四人，私自出海时遭遇风暴，无一生还！"

第十一章 济州岛喜逢故旧

苏幼真已经推开门走了进去，骆剑峰有点儿迟疑地迈步向前，一眼便看到屋内端坐于床上的那位老人。

在福江岛以西三百余里，有一座大岛，方圆千里，名为济州岛。

这座岛是朝鲜第一大岛，属朝鲜八道中的全罗道所辖，离朝鲜半岛一百余里，由于不在日本侵袭朝鲜本土的路线上，反而奇迹般地躲过了上一次战火，成为朝鲜少数没有被日军攻击的地方之一。

饶是如此，济州岛居民依然战战兢兢。日本正规军对唾手可得的济州岛没有兴趣，不代表没有日本人动心，这两年从东边过来的倭寇零零碎碎没有断过，济州岛还是遭受了几次洗劫，现在渔民们出海捕鱼，都养成了随时张望东面的习惯，稍有不对就赶紧逃命。

这一日下午，两条渔船刚刚靠岸，几个渔民正在往船下搬当日收获，突然有人尖叫了一声："倭寇，是倭寇来了！"

这声大叫顿时让所有人都跳了起来，更有人不知从哪里掏出一面铜锣，"哐哐哐"一阵狂敲，沙滩上每个人都像无头苍蝇似的乱跑，直到有人终于发现不对："等一下，别慌，别慌……那儿只有一条船！"

渔民们这才稍微镇定下来。

海上出现的那条船确实是日本制式的，但只是一条普通的渔船，而且残破不堪，那狼狈的样子简直让人怀疑是怎么横渡大海而不沉的。

"或许是因为前天的风暴，被吹到了这边……"一个渔民猜测道，"估计船上的人早就死了吧？"

其他人却不像他那么乐观："听说那些倭寇凶残得很，是哪怕吃同伴的肉也要活下来的恶鬼！就算挺过了风暴也没什么奇怪的……"

说话间，便见那条破船上站起一个人来。

那是一个衣衫褴褛、须发皆乱的年轻人，整个人已经憔悴得变了形，看到海岸后的他纵身跳下船来，在浅水里还打了个趔趄，怎么看都已经把体力和精力榨取到了最后一分，随时都有可能失去意识倒下来，只是他的眼中依然闪烁着光芒。

面对这么一个面容憔悴的人，正是因为这个眼神，抓起了鱼叉、刮鳞刀等物什的渔民们一时不敢贸然上前。

这个人终究是坐着日本渔船过来的！之前又不是没有发生过这种事，因为发了善心，好不容易救回来的溺水者，身体刚刚恢复便撕下伪装，把整个村子都屠了一遍！

这些家伙绝不可信！稍微心软，就可能给自己的家人带来灾祸！

"只有一个人！"一个稍微老成点儿，有些威望的渔民大声喊道，"先把他抓起来，交给村长处置！"

那年轻人听到这话却是一愣，也开口用朝鲜话道："这里是朝鲜？"

渔民们面面相觑，这人怎么也会说朝鲜话，难道不是日本人，而是被掳走的朝鲜人抢了船逃回来？这也不是没可能！

老成渔民答道："这里是全罗道济州岛！你是什么人？"

"我是大明锦衣卫骆剑峰！"年轻人声音略微嘶哑，"带我去见济州岛上的最高长官！"

渔民们都不约而同吞了口唾沫。

在西边，有个天朝上国"大明"，这他们都是知道的，上次就是大明派来天军相助，倭寇才没能灭了朝鲜，但这"锦衣卫"又是什么？还有，济州岛的最高长官又是哪位？天地良心，俺们认识的最大的官就是村长了好不好？

众人犹豫半天，最后还是那个老成的渔民开口道："我不知道你是谁！我们不认识你！你是坐着日本船来的，我们不相信你！赶紧老实一点儿，等我们绑了你去见村长！"

骆剑峰眉头一皱，现在哪里有时间跟这些渔民耗下去？这么耽误时间还不知道局势会发生什么变化，兄弟们拼死把自己送出来，可不是为了让自己在这种地方浪费时间！一念及此，他语气里也带了一丝生硬："我没空见什么村长，既然你们帮不上忙，就给我退下！我自己想办法！"

这时候渔民们也看出船上确实只有这年轻人一个人，胆子就都大了起来，一个年轻渔民大声嚷嚷："不能放他走，说不定这是倭寇的奸细！先把他抓起来再说！"

几个渔民被年轻渔民一煽动，都大声喊着扑上前来，骆剑峰这时是真的心里有火，下手也毫不客气，虽然他手无寸铁，体力也到了崩溃边缘，但对付几个朝鲜渔民还是轻而易举，转眼间渔民倒了一地，都在哀号呻吟。

就在骆剑峰准备转身离开时，突然一阵劲风从背后袭来！他也是机敏至极，一个侧身躲了开去，本能地就想要挥拳还击，但看到袭击者之后，却大为意外地顿了一顿，对方也趁机跳到一边，只警惕地看着他。

这是一个长相清丽的少女，看外貌只与星如雨年纪相仿，但眉宇间透出的成熟好似比骆剑峰还大上几岁。这少女手持一把青锋长剑，护在渔民们前面，有渔民已经惊喜地叫了起来："苏小姐，是苏小姐回来了！"

被称为苏小姐的少女没有回头，只问："这是什么人？发生了什么事？"

"苏小姐，这个人是坐着日本渔船过来的！他说自己是大明的什么锦衣卫！"老成渔民大声说，"我们要捉他去见村长，他不肯，就把我们打成这样！"

"锦衣卫？"少女诧异地看着骆剑峰，改用大明官话道，"你是锦衣卫？会说朝鲜话？"

总算遇到一个能交流的，骆剑峰也松了口气："在下骆剑峰，大明锦衣卫北镇抚司小旗，曾经在平壤一带执行任务，故而学了一些当地话，不知道姑娘如何称呼？"

"我叫苏幼真。"少女依然没有放松警惕，只报了自己的名字就继续盯着他追问，"大明的锦衣卫，怎么会坐日本的船？又为什么会来这里？"

骆剑峰心思电转，这少女会说大明官话，又在此地颇有威望，定然不是普通民女，这是自己的机会，于是据实以告："我前往日本刺探情报，返回时被日本人盯上，出海时遇到风暴，一路被吹到了这里。"

苏幼真总算把手里的剑放下去了："你说你是锦衣卫，可有什么证据？"

骆剑峰苦笑道："能逃出命来就不错了，还顾得上带什么证据？姑娘若是能帮我回到大明，我自然能让你信服。"

"若你是日本奸细，我岂不是送了一个敌人去大明？"苏幼真又上下打量了一番骆剑峰，终于下定了什么决心似的，点头道，"不过，我可以带你去见一个人，让他来辨认真假。"

这次却是骆剑峰意外了:"济州岛上还有人能辨识锦衣卫身份?"

"如果你真的是锦衣卫,那有什么可担心的?"苏幼真冷冷道,"愿不愿意跟我来随你,但如果不来……被济州岛的忠武军当作奸细,可不关我的事!"

"忠武……军?"

苏幼真的脸不知道为什么微微红了一下,自己转身就向沙滩对面的山上走去:"你来不来?"

骆剑峰自然要跟上去,这可能是眼下尽快回到大明的最快途径,至于会不会是陷阱……用济州岛作为退路,这是大家在船上才商议好的计划,知道的只有并肩作战的十九人,就连方从云也无从知晓,如果这样都被敌人料到,在济州岛提前设下圈套,那真是无话可说了!

二人走的这条山路并不崎岖,但颇为隐秘,好几处拐角都被草丛遮蔽,如果没有苏幼真领路,骆剑峰也要怀疑自己能不能找到正确方向——搞不好就真的认为这路已经到了尽头也说不定!

"这是为了躲避倭寇骚扰,当地村民特意开出来的避难小道。"苏幼真在前方说,"那些倭寇进山被忠武军袭击几次以后,也就逐渐放弃了。"

骆剑峰终于把自己心头的疑惑问了出来:"忠武军?是朝鲜的朝廷部队?"

苏幼真的声音一下子小了下去:"哪还有什么朝廷部队……济州岛上的朝廷官军在战争开始的时候就奉命紧急增援,结果十不存一……所谓的忠武军,也就是一群不甘心的残兵败将,自欺欺人罢了。"

骆剑峰追问几句,这才知道原来当初日本侵朝时,朝鲜官军一败再败,被打乱建制的不知有多少,其中就有一小撮官军被断了向北撤退的路,又不愿投降,不得不渡海南下济州岛,并且重新组合起来推举了主官,自成一军,号为"忠武军"。

但这只是他们的自作主张,朝鲜王室忙着逃亡,自然没有精力来承认区区百余人的溃兵,更不要提补给和兵饷,若不是管辖全罗道的三道水军统制使加以照应,怕是早就四分五裂了——而现在,忠武军也只能勉强苟延残喘,说自己是正式官军实在勉强得很。

虽然苏幼真发泄了一通对忠武军的不屑,骆剑峰却听出了别的意思:"苏姑娘,难道你跟这忠武军有什么渊源?"

"……算是有吧。"苏幼真不情愿地承认,"我家是济州岛人士,父亲因为熟悉地理,被推举为忠武军第一任主将,可惜不到半年,就在与倭寇的战斗中殉国了……现在他们倒还尊重我,但忠武军现在的窝囊样子,我可是不想承认和他们有关!"

骆剑峰肃然起敬:"原来姑娘也是忠良之后,实在失敬。"

"讨好我也没什么用,如果证实你说了假话,我一样会对你不客气!"

说话间前方出现了一处山谷,这山谷里散落着四五座简陋的茅草屋,两名青年正在一座茅草屋前劈柴,看到这边两个人,都直起身来:"苏小姐,这位是?"

"这人身份可疑,我带他去见那位大人辨认真假。"苏幼真回答,"你们自己守好岗位,不要大意!"

两名青年懒洋洋地应了,却没什么动作,看来正如苏幼真所说，这支"忠武军"早已士气全无，只是听天由命罢了。苏幼真也早已看惯这些人的表现，根本不理他们，只示意骆剑峰跟自己走到一座茅草屋前，轻轻叩门道："大人，有一个自称是锦衣卫，从日本那边过来的人，想请您辨认一下。"

一个苍老的声音自屋内传来："锦衣卫？倒是难得，带进来吧。"

听到这个声音，骆剑峰全身都震了一下。

一个名字当时就涌到了嘴边，他却不敢说出口来，生怕这只是幻听，如果自己说出来，就会被拉回到残酷的现实里，提醒他始终只是孤身一人！

苏幼真已经推开门走了进去，骆剑峰有点儿迟疑地迈步向前，一眼便看到屋内端坐于床上的那位老人。

那老人须发皆白，身形瘦弱，看上去一阵风就能吹倒，但骆剑峰一下子就再也没法控制自己的情绪，他直接扑到床前跪下，泪流满面："洪指挥！洪指挥！没想到您还活着！实在是……实在是太好了！"

这坐在床上的老者，竟然就是带着飞鹰们把名护屋城搅得天翻地覆，后来被传葬身于风暴中的锦衣卫指挥使，羽少营所有人心目中的最强者——洪天罡！

洪天罡也是略微意外："剑峰……没想到会是你来了这里！"

"洪指挥，他们都说您已经死了……说教头们全都死了……"骆剑峰已是泣不成声，"真是太好了，太好了……"

这一刻，他感到从未有过的安心。从杀出福江岛以来，他无数次惶恐不安过，只有自己一个人，要如何挽救战局？要如何为死难的兄弟们报仇？要如何挖出那个奸细？可以依靠的人,一个都没有了!

但是现在,笼罩在心头的阴影一扫而光!

洪指挥还在!洪老大还在!那群传奇的飞鹰前辈,最值得信任的那个人活了下来!只要有他在,什么麻烦都不值一提!

望着失声痛哭的骆剑峰,苏幼真有点儿不知所措:"洪大人,他真的是锦衣卫?"

"对,他是我的学生。"洪天罡轻轻拍着骆剑峰的肩膀,"从日本来的吗?看来吃了不少苦啊。"

"那我先不打扰了。"苏幼真放下心来,行了一礼后转身出门,"如果有什么需要的,尽管叫我。"

骆剑峰勉强收敛住了情绪,问洪天罡:"洪指挥,到底出了什么事?您又怎么会在这里?"

"还能出什么事?被内奸出卖,我带着情报逃了出来——想必这些事,你都知道了。"

洪天罡轻描淡写,但骆剑峰无论如何都不肯就此罢休:"能让教头们全部牺牲,内奸的价值一定超乎想象,才能让日本方面布下这么大的局……洪指挥,那个奸细到底是谁,您可有头绪了?"

洪天罡却看着他:"你们也被布局了?"

"是,我们的行踪也被泄露了。"骆剑峰不敢怠慢,将自己一行人上岛后的经历全盘说出,一直说到易平安和洪采薇为掩护自己而断后时,终于忍不住再次失声痛哭,"洪指挥,我没能把采薇带出来……应该是我死在岛上的!"

"采薇那丫头的路,是她自己选的。"洪天罡叹道,"如果你们两个真的换位,她成功的机会只能比你更小,所以她选择把希望寄托在你身上,而你真的成功了……这证明她的选择

并没有错。"

"但是……"

"好了，剑峰，堂堂男儿，你要懊丧到何时？你的战友们都还等着你给他们报仇。"洪天罡咳了一声，"易平安所说的奸细，你怎么看？"

骆剑峰微微迟疑："按平安所说，知道我们行踪的人都有嫌疑，而这样的人并不多，所以我也有几个怀疑对象，但无法进一步确定……如果是平安在这里，想必就能理出更多的线索了！"

"你是锦衣飞鹰，不必妄自菲薄，何况现在只能由你去做这事。"洪天罡语气里逐渐带上一丝严厉，"不要过早放弃，你这三年也不是只练了拳头吧？"

骆剑峰略微平复情绪，点头道："是，我会竭尽全力完成他们的托付！"

"关于这个内奸，我也没有太多头绪，但在日本的时候无意间得到一条情报，不代表肯定可靠——"洪天罡慢慢说道，"据说这个内奸是在朝鲜被日本策反的。"

"……朝鲜？"

"锦衣卫入朝也就是前几年的事，拥有这样经历，又能同时接触到我和你两次日本之行踪的人，这个目标范围应该已经缩得很小了。"

骆剑峰的脸色逐渐变得苍白。

曾前往朝鲜……

身居高位……

对洪天罡等人的出行任务了如指掌……

甚至连自己一行人保密到这种程度的行踪也一清二楚……

所有的线索，都指向了同一个人！

但这也是骆剑峰最不愿意去想的一个人！

"方大人……"他艰难地将那个名字说出，"锦衣卫指挥同知，方从云……他是唯一符合条件，知道所有事情的人！"

"方从云吗？"洪天罡也沉默了一会儿，"这小子，也是尸山血海里杀出来，久经战阵的老人，实在很难想象他居然会是内奸，但如果是他，那么所有的疑点都能解释得通了。"

"方从云……不管他之前干过什么，就凭他几乎让飞鹰全军覆没这一条，我就饶不了他！"骆剑峰咬着牙道，"洪指挥，我们一起回大明去，揭穿他的真面目！"

洪天罡叹道："不，这次只有你回去。"

骆剑峰愕然抬头："洪指挥？"

洪天罡指了指自己的脚："如果真的是方从云所为，我们与他为敌一定会受到他的全面反击，而我现在这样子回去，只能是你的累赘而已。"

骆剑峰望向洪天罡的腿部，这才发现裹在毯子里的那双腿似乎有点儿异样，洪天罡则大大方方地将毯子掀开，这一瞬骆剑峰屏住了呼吸。

洪天罡的右腿自膝盖以下，左腿自脚踝以下，空空如也，断处用纱布、草药等乱七八糟地裹了一通。

"洪……洪指挥，您这是……怎么搞的？"

"被火炮的炮弹擦到，然后伤口又在海里泡了两天一夜，现在这样已经很不错了。"洪天罡悠然道，"像我这样的老头子，受了这种伤，按理说应该泡在海里等死，把一身肉都喂了鱼，结果还是漂到济州岛，被当地渔民救了起来。"

接下来的事情不问便知，自然是苏幼真听说有锦衣卫的人受伤，赶来将他接到此处疗养，只是没想到事情如此凑巧，骆剑峰从风暴中杀出来也是在这里落脚。

"好好休息一下，明日你与幼真商议，看如何尽快返回大明。"洪天罡拍了拍骆剑峰的肩膀，"大明的命运，朝鲜的命运，飞鹰的命运……都靠你了，剑峰！"

骆剑峰用力抱拳行礼："必不负大人所托！"只是在这种时候，他也情不自禁地怀念起来：大明锦衣飞鹰，现在就只有我一个了……要是福江岛上的兄弟们，有人能活下来多好！哪怕只活下来一个也好啊！

第十二章 养心殿一番私语

方从云却在此时犹豫起来：「陛下……臣有一事……先请陛下恕罪，才敢说出来。」

北京，紫禁城，养心殿。

万历皇帝朱翊钧重重地叹了口气。

"这两年，怎么就这么多事呢？"他望着眼前的两个人道，"朕把事情托付给你们，就是为了少点儿麻烦，结果你们惹的麻烦反而越来越大。"

方从云和田渭川齐齐跪下："臣有负陛下重托，实在惶恐……"

"别废话了，每次都是这个调调，外廷那些大臣这样，你们这些内臣也这样，是存心给朕添堵吗？"朱翊钧无可奈何地举起茶杯呷了口水，"田渭川，这次你们司礼监捅了大娄子，朕不罚你们，天下人难免不服——今日起，司礼监就把东厂先停了，奏折批红之权也给我暂停，朕另有安排，等陈矩病好了再说，田渭川，你可服吗？"

田渭川恭恭敬敬道："金悦、胡凌两人肆意妄为，实乃司礼监之耻，陛下不说，臣等也无颜再掌特权。"

朱翊钧哼了一声："既是如此，你就先退下吧……司礼监上下闭门思过九十日，不要再给我犯蠢！"

等田渭川离开，朱翊钧又看向方从云，冷笑一声："方爱卿，这下你可如意了？"

方从云表露出一头雾水的样子："臣愚钝，不知道陛下所言何意？"

"朕之前是让你阻止胡凌和金悦，却不是让你来报告他们的死讯。"朱翊钧淡淡道，"你以为朕不知道，他们的死和你脱不了干系？从海外返京，平常没有十天办不到吧？你才三天就赶了回来，是不是打算先在朕这里说点儿什么？"

方从云跪在地上连连磕头："臣……臣……"

"行了，别说了，这两个蠢材私自离京出海，本来就是昏了头！"朱翊钧不耐烦地将杯子拍得啪啪响，"但怎么连你也昏了头？虽然厂卫不和由来已久，可他们好歹也是你在内廷的同僚，你怎么能见死不救，看着他们傻乎乎地出海送死？"

"陛下明鉴！臣确实是有私心……请陛下恕罪！"方从云暗自松了口气，看来皇帝果然还是凭自己臆断处事，那就方便多了，"实在是飞鹰那边连连发出紧急信号求援，臣不得不冒险进入风暴，臣本以为……金公公他们看到有风暴征兆，便会知难而退……"

"那两个蠢材认为你要和他们争功，拼命赶路，结果连命都送了！"朱翊钧哼了一声，"你们这些人，本应都是朕的亲信、心腹！哪有心腹内斗，乐此不疲的？这次看在你拿回重要情报的分儿上，功过相抵，但朕提醒你，司礼监的陈矩和现在的田渭川都是厚道人，你可别再得寸进尺！"

"臣知道，田公公和陈公公都一心为陛下、为朝廷着想，这是国家幸事。"

"说起军情……朕又要问问你，飞鹰之事要如何处理？"朱翊钧道，"飞鹰全军覆没，这是自成祖皇帝建立飞鹰以来从未有过之事！"

方从云略一思忖，答道："臣也曾是飞鹰，臣愿交卸现在的职务，重建羽少营为陛下出力！"

"不妥！"朱翊钧马上驳回，"现在司礼监废了，御马监也处于半瘫痪状态，你再一走，是想给朕好看吗？罢了，再等一年，朕让骆思恭去训练飞鹰，反正这两年他也越来越不管事——方从云，明年此时，朕要让你担任左都督，锦衣卫的第一号人物，你担不担得下来？"

方从云大声回答："臣愿为陛下出生入死！"

"堂堂锦衣卫的头儿，出生入死叫什么话？"虽然这么说，朱翊钧的心情还是好了一些，"那你去一趟尚膳监，叫关敏回来……既然司礼监不能用，朕总得让人出来做事，老关消磨了这么久，也差不多了。"

方从云却在此时犹豫起来："陛下……臣有一事……先请陛下恕罪，才敢说出来。"

"怎么又有事？"朱翊钧不耐烦道，"不要吞吞吐吐的，从实说来，朕免你的罪！"

"是……正是关于关公公的。"方从云放低了声音，"臣回京以后，痛心于飞鹰损失惨重，便开始从头梳理时间的来龙去脉，结果……"

"结果什么？"

"臣疑心……关敏公公或他的心腹手下，只怕无意间将飞鹰的行动泄露了。"

房间内骤然安静下来。

朱翊钧冷冷开口："你是说洪天罡那次，还是说年轻人这次？"

"回陛下，或许……两次都是。"

"两次？"朱翊钧咬着牙道，"两次走漏风声，令两代飞鹰全军覆没……方从云，你说他是'无意间'？"

"臣不敢妄言。"

朱翊钧眯起眼睛,看向跪伏于地的方从云。方从云从刚才开始便保持单膝跪地的姿势,连头都没有抬起来过。

"不过……老关服侍朕差不多也有二十年了。"朱翊钧自言自语,"要说他会做出这种丧心病狂的事情,朕还是难以置信。"

"陛下明鉴,或许关公公也只是如陈矩公公那样,对手下有所失察……"

"你不用假惺惺替他辩解!上次在朝鲜的事情,朕还没找他算账,他竟然又敢做出这种事……方从云!"朱翊钧道,"你去给朕把他叫来!朕要当面问清楚!"

"臣遵旨!"

等走出养心殿大门,方从云脸上诚惶诚恐的表情已经连一点儿影子都看不到了。

一个锦衣卫百户疾步迎上来:"大人!"

"让你准备的东西,准备好了吗?"

"全都齐备。"百户低声道,"只要大人引起一个话头,便能证据确凿,将他钉死!"

"很好。"方从云应了一声,随即大声发令,"奉陛下口谕,传尚膳监掌司关敏到养心殿觐见!"

但事情比他想象的居然还要顺利一些。

不过一刻钟时间,那传令的锦衣卫百户便匆匆赶了回来:"大人,尚膳监的人说,关敏与他属下马征海,便在刚才借口出宫采买,不知去向了!"

方从云挑起眉毛:"有没有派人追查?"

"有，他们在尚膳监的住处早已收拾停当，似乎早就有随时脱身的准备。"

"有两下子啊，这老狐狸。"方从云嘀咕一句，但随即脸上又浮现出一丝微笑，"不过，虽然逃脱了在皇帝面前身败名裂的下场，却再也没了辩解的机会！现在整个内廷厂卫全由我一手掌控，你们休想翻出天去！"

第十三章 顽童脾气 惜相怜

他们三人就这样在海上被狂风巨浪摧残了一天一夜，然后随着浪潮被卷到了……

"你说，现在锦衣飞鹰会不会就只剩下你一个人了？"星如雨丢了一块石头过来，正好砸到仰面朝天呈"大"字形躺在沙滩上的易平安头上。易平安连摸都不摸一下脑袋，只懒洋洋地回答："我对骆剑峰那死脑筋还是有信心的。"

"他也就比我们早出发几个时辰而已，真能躲过风暴？"洪采薇也从另一边走来，语气里满是不自信，"如果运气不好，恐怕他也……"

"放心放心，我们三个都能活下来，更何况是他？"易平安依旧懒洋洋地回答，语气里多了几分不耐烦。

"我们三个活下来全是靠运气！"洪采薇抖了一下手上的鞭子，发出一声脆响，"说起这个，还不赶紧过来帮忙？别在那边浪费时间，你以为离了羽少营我就收拾不了你？"

易平安哀叹一声，爬了起来："大部分工作都是我完成的好不好？稍微休息一下也不行吗？"

他们三个人，运气实在够好。在当日泼天的风浪中，小船最后也没能撑下去，但易平安等人早有准备，不但穿上了能在水里漂浮的水行衣，还带上了呼吸用的气囊，更重要的是，星如雨从船上背出来一条足够结实的绳子，让三个人在水里即使筋疲力尽也不至于失散。

他们三人就这样在海上被狂风巨浪摧残了一天一夜，然后随着浪潮被卷到了……鬼知道是什么地方的这座小岛上！

这座小岛荒无人烟,却林木茂盛,也有不少野生果树,得以让三人果腹恢复了一些体力。接下来便是考虑如何逃离小岛的问题——既然逃出一条命来,可不是用来在这种地方了却余生的!

只是要如何离开,却不能只凭一腔热血。三个人用了整整两天的时间来观察天象和水文,最后判定自己是流落到了福江岛西南方向的某处无名荒岛,要想像原计划那样前往济州岛已经不现实了,倒是可以试试借着洋流一路向西,反正大明就在西边,只要看到陆地,那就必是大明无疑。

"剩下的,就看跟老天爷赌的第二把了!"易平安用力将捆扎木筏的绳子打上最后一个结。

为了造出这张木筏,他们已经耗尽了身上所有能用的工具。

就连绣春刀也用来砍树,最后折成了两段,易平安和星如雨背上原本鼓鼓囊囊的行囊现在全都见底,实实在在是一点儿有价值的东西都掏不出来了!

"水行衣和气囊也不能再用了……"洪采薇看着眼前这张简陋的木筏,不禁浮现出苦笑,"虽说是跟老天爷对赌,但筹码比上一次还少。"

"还能有赌第二次的机会,这已经很不错啦。"易平安一本正经地回答。

三个人一时无话,沉寂了片刻,最后还是洪采薇叹了口气:"这次可真是上了贼船,平安,你这小贼!"

"还有一个办法,我自己乘着这木筏出去。"易平安道,"运气好的话,三五天后我就能带着救兵来接你们了……"

易平安的话还没说完,星如雨就跳了起来:"平安,这次你要是敢再抛下我，我做鬼也不会放过你！"

易平安吓了一跳："哪有这么严重？"

"在福江岛的时候，你们就撇下我！"星如雨咬着嘴唇说道，"而且这次比上次还要凶险百倍！这次是真正的同生共死！我才不要留在这岛上，万一你没回来，我不但回不去，就连和你在一起的最后的机会都没了！"

"不要这么严肃嘛……"易平安没想到星如雨就这么直接表露了心迹，他尴尬地抓了抓脸道，"说不定这次运气特别好，就真的活下来了呢……"

洪采薇和星如雨一起道："你自己信不信？"

下午时分，正如他们前两天观察的那样，海水流动的方向发生了改变，从这时候起大约两个时辰之内，顺着洋流应该可以一路顺利向西漂去，问题只在于——再往后的事情，谁都无法预料。三个人合力把木筏推到水里，易平安率先跳了上去，确认这木筏的坚固程度，洪采薇和星如雨则静静站在岸上，等他的最后确认。

"这次是真的没有退路了，我也觉得没必要再多说些什么了。"易平安终于站了起来，向两个女孩伸出手去，"如雨、采薇，大不了把命拼出去便是！"星如雨和洪采薇自然也毫不迟疑，先后纵身跳上了木筏，易平安将手中的木棍往岸边用力一撑，木筏便向海中漂去。

此次出海，与上次的风景截然不同，再也没有滔天浊浪、翻江倒海。蓝天白云间有阳光洒下，四面风平浪静，若是有闲心，驾一叶小舟在近海消遣也是乐事。但易平安他们心里明白，这次比上次更为凶险，更为玄妙，就算全力以赴，也还要看运气！

前路茫茫不可知，只有千万分之一的机会能够成功，即使抓住这千万分之一的机会，奇迹般返回大明，也还有那个不明身份的奸细虎视眈眈，一旦知道有人生还，必定会以万钧之力给予最大打击，而这一次，甚至没有教头或飞鹰战友能够出来帮自己了！……但那又如何！别说只有我一个人，哪怕只剩下一口气了，我还是要坚持下去，把这绝境挣出一条大口子，爬出去给你看！易平安直起身子，望向无边无际的海平面。

骆剑峰揉了揉眉头，略微疲惫地抬起头来。

苏幼真就坐在他对面，也是一脸苦笑："都说了，这条路走不通。"

这间小屋里，散乱地放了一大堆地图、书籍和纸条，若是有熟悉济州岛地理的人便会一眼看出，画的全是出入济州岛的水路途径——只是这些图纸资料现在全都没了用处。

"通往大明也好，朝鲜本土也好，现在道路已经完全被日本水军封锁。"苏幼真摇摇头，"就连李将军对我们的支援，也从每十天一次降到了每个月一次……洪大人的事情，早就送了信过去，但第一次信使撞到了日本人手里，不得不派了第二个人，一直拖到现在。"

骆剑峰吃了一惊，追问道："落到日本人手里不会有什么问题吗？"

"信是用暗语写的，日本人应该看不懂，信使都是忠武军里的勇士，一旦有被俘危险，便会自裁，具体情报是不会泄露的，"苏幼真看看骆剑峰担忧的脸色，安慰了他两句，但自己也忍不住皱起了眉，"现在最大的问题是，可能会暴露济州岛上依然有抵抗军的存在，那时候就麻烦了。"

骆剑峰也跟着叹了口气。

跟苏幼真商议了好几天，还是想不到能让他快速返回大明的办法。

济州岛的位置实在尴尬，东边是日本自不必说，北方正对着日军占领区，朝鲜水军不敢明目张胆行动，若是偷渡，十天半个月都到不了辽东；南方是一片汪洋，连岛都没有几座，一旦迷路更是无计可施；西边倒是正对大明，但有足足上千里海路，偏偏济州岛上如今几乎所有能出远海的船只都被招募去了水军——就这样也罢了，苏幼真虽然是个女孩子，性格里却也有一股刚烈之气，直接表示就算用小船也可以赌一把，但更无奈的是，在他们的计划中，还有一个绕不过去的难题，那就是洪天罡。洪老大纵使再英明神武，也是七十多岁的老人了，被千军万马追杀千里，又被炮弹炸断腿，又带着伤在海水里泡了两天……

即便换个血气方刚的小伙子来，也是足够死七八次了，洪老大现在已经恢复到可以坐在床上和人正常交流，实在不能对他要求更多。但不管是哪个计划，骆剑峰和苏幼真都不放心将洪天罡单独留在济州岛上。洪天罡现在和普通老人没有区别，完全没有自保之力，而忠武军目前的状态也是得过且过，在战斗力方面完全不能信赖，如果日军真的打算先解决济州岛，那岛上就真没有安全的地方了！

"这是非常有可能的。"骆剑峰皱眉，"日本再次开战在即，如果发现济州岛上有朝鲜官军，想来不会视若无睹，毕竟谁也不想自己的侧后翼还埋伏着一支敌对武装。"

苏幼真抱着头苦恼道："济州岛自然不安全，但也不能让洪大人跟我们一起冒险出海吧？"

骆剑峰无言以对，只能沉默着点头。

如果飞鹰的兄弟们还在那该多好！哪怕只有一个人，也可以放心将重任托付了！

两个人正枯坐无语时，外面突然传来急促的脚步声，接着一名忠武军的士兵推门报告："苏小姐，山外有陌生人闯了进来……已经有兄弟去拦截了！"

骆剑峰与苏幼真同时站起身来，骆剑峰先问道："有几个人？"

"三个！"

苏幼真一愣："三个人的话，应该不是日军奸细……日军没有只派几个人来探路的作风！除非是忍者！"

骆剑峰当然知道苏幼真为何判断那三个人不是忍者——如果是打过交道的那群忍者要想潜入，就凭忠武军这群人，死也死透了，哪有机会发现他们！但即使如此，也不能掉以轻心。

苏幼真和骆剑峰略一商议，便一起奔往洪天罡的房间，苏幼真甚至连逃生用的地道都打开了，若是有什么不对劲，便由骆剑峰带着洪天罡逃之夭夭。

两个年轻人一本正经地讨论着"怎么把洪大人背走"的问题，洪天罡听得苦笑连连："你们两个小鬼，我还没有虚弱到这种地步。"

"洪指挥，您要知道，我们谁都可以死，但您绝不能出事！"

"洪大人，就算拼上性命，我也要尽全部力量保证您的安全！"两个人几乎是同时脱口而出。

洪天罡愣了一愣，无力地摆摆手："你们开心就好……"

不多久，房门就被敲响了："苏小姐，洪大人，是北边来的人！"说着，便有一个青年跟着忠武军士兵走进了洪天罡的房间。那青年身形瘦高，看上去年纪不大，只是眼神犀利，显然拥有和年纪不相符合的经历，显得英气勃勃，见一屋子人都望向他，肃容行礼道："朝鲜全罗道水军百户李恩基，奉三道水军统制使李将军之命，前来参见大明指挥使洪大人。"

"李将军终于派人来了！"苏幼真惊喜交加，"是收到了我的信吗？"

李恩基点头："将军吩咐，无论如何也要保证洪大人的安全。苏小姐，你们这段时间辛苦了，如果有什么需要我们做的事情，尽管开口，全罗道水军必定全力协助。"

这几日骆剑峰与苏幼真朝夕相处，听她说了不少济州岛这边的情况。

这位李将军正是暗中支援接济忠武军的人，名为李舜臣，苏幼真救下洪天罡后便派人向半岛上送信。只是朝鲜南部依然被日军占据，故而联通消息格外困难，上次信使出发后杳无音信，几乎要怀疑也被日本人抓了，幸好今天终于有人找上门来。而李舜臣本人也非平庸之辈。上次日军侵朝战役中，朝鲜军队在陆上一败涂地，唯有李舜臣率领的朝鲜水军顽强抵抗，颇有战功，羽少营的教头们私下给他的评价是："朝鲜军中有李舜臣，倒还不算一无是处！"

"是李舜臣将军的部下啊？"洪天罡道，"他倒是有心了……不过李百户，听你刚才的说法，似乎情势有所变化？"

李恩基表情始终严肃："日军的九鬼家、宗家、来岛家等水军部队，这段时间在济州海峡活动的次数明显增多，我军损失了几艘战船后，李将军便命令要收缩阵形，保存实力等待即将开始的大战，换句话说……苏小姐，这次需要我们帮忙的地方，我军义不容辞，但这可能是近期内最后一次帮忙了！"

苏幼真蹙眉道："接下来，李将军就无法再给忠武军提供支持了吗？"

"如果有可能的话，我们自然不愿意放弃济州岛上的战友。"李恩基答道，"但实话实说，我军与日军实力相差悬殊，而支援忠武军的损耗，已经……"

"我知道你的意思。"苏幼真苦笑一声，"为了我们这百余人，全罗道水军前后牺牲的战士也有好几百了吧！现在，更是到了即使牺牲也未必能完成支援的地步……忠武军，已经成了朝鲜水军的毒瘤！"

这评价足够刻薄，李恩基愣了一下，连忙辩解："苏小姐，我们从无抛弃忠武军之意……"

"我知道，我只是在说事实！"苏幼真眼里似有雾气，但语气依然坚定，"请问李百户，若要从济州岛带人返回全罗道，你们一次能带多少人走？要保证绝对安全！"

李恩基犹豫片刻，给出了答案："不能超过五个人……为了避过日军巡逻耳目，我们用的都是小船。"

"五个人吗……明白了，这样也好，至少我们可以安心做一件事了。"苏幼真似乎下了什么决心，"金南孝！"

那个领李恩基进来的青年应道："在！"

"去告诉忠武军的弟兄们，从今天起……"苏幼真顿了顿，"直到战争彻底结束之前，不会再有支援了，是要抗争到底，还是要自己想法子回北边，或者认命当个济州的老百姓，都随大家自己！"

金南孝呆了一呆，但是看着苏幼真认真的表情，终于认命式地点了点头："知道了，我这就通知各处的兄弟。"

等金南孝出门，骆剑峰忍不住问道："苏姑娘，这位李百户不是说了，还能再帮最后一次？你怎么就要让忠武军直接死心？"

"忠武军不过百人残兵，就算要李将军他们全力支援，又能顶多久？又能让忠武军起到多大作用？难道得了这次支援，大家就能脱胎换骨，把日军赶下海去？"苏幼真表情坚定，斩钉截铁地说，"既然如此，就应该把这最后一次机会，用在最紧要的地方！"

李恩基原本一直绷得紧紧的脸上出现了紧张之色："苏小姐……那么这一次，你是想要我们做什么？"

苏幼真后退两步，将床榻上的洪天罡让出来："请李百户，无论如何要把洪指挥带到李将军那里去！"

这次就连骆剑峰也露出意外的表情，实在没想到苏幼真竟然如此坚决——不惜以整个忠武军的命运为代价，要把洪天罡送出险地！

李恩基吃惊道："这位洪指挥，李将军已经说了要保护他的安全，但是有必要冒险带他北上吗？"

"济州岛战力薄弱，眼下大战即将再起，哪怕只有一千名日军登陆济州岛，那也不是现在的济州岛能够抵抗的！"苏幼真道，"而洪指挥是大明指挥使……他在李将军身边，一定比在济州岛更安全！"

一直听众人发言的洪天罡笑了一声："你这小丫头，最后还是要把我绕进来……说吧，要我这老头子做什么？"

苏幼真的脸红了一下，低声道："上次的战况已经很清楚了，以朝鲜的战斗力根本不可能抵抗丰臣秀吉，只有大明精锐，才是制止丰臣秀吉野心的唯一力量！但现在朝廷自欺欺人,一心沉浸在大明与日本议和的假象中,甚至连备战都没有开始……李百户,我有说错吗?"

李恩基苦笑道:"不但没有开始备战,据说汉城那边还有不利于李将军的谣言传播,说不定哪天李将军就被处置了!"

"我们的朝廷就这样了。"苏幼真无奈地看向洪天罡,"所以洪大人,你以大明指挥使的名义向汉城施加压力,为李将军分说一二,或许能扭转眼前的局面。"

洪天罡沉吟片刻:"你确定我出面的话会对李舜臣的处境有所帮助?我始终不是朝鲜之臣,贸然出头犯了汉城什么忌讳也不一定,到时候,你们的国王恐怕不敢对我做什么,但对你们的李将军——就不好说了……"

苏幼真叹了口气:"我也知道这个法子浅薄,但以我的见识,实在想不到其他更好的办法了!"

"罢了,谁叫我老头子的命是你救的?"洪天罡沉声道,"就如你的意,走一趟全罗道吧!李百户,一路上就拜托你了!"

李恩基直接半跪于地,大声道:"我豁出性命,也要护送洪大人到李将军那里去!"

"你们这些年轻人,一个个动不动就要豁出命去,难道打算死光了,把烦心事儿都丢给我们这些老头子吗?"洪天罡嘀咕一句,又看向骆剑峰和苏幼真,"我这一走,你们又差不多废掉了忠武军,是打算冒险了吗?"

苏幼真点了点头,一脸决然之色:"洪大人一旦离开,小女子这边就没了后顾之忧,便陪骆大人走这一遭!如遇不测,小女子当不会有任何怨言。"

骆剑峰闻言也反应过来:既然洪老大有苏幼真安排,那

第十三章 顽童脾气惜相怜

么驾船向西行驶千里，再折回大明，便成了自己当下的唯一任务！属于自己一个人的挑战，等到踏上大明土地的那一刻才真正开始！当下里几个人分头准备，一个时辰之后，骆剑峰和苏幼真便背好行囊走出门来，而李恩基已经站在门外等候，他的两个随从则抬着一副担架，洪天罡就躺在担架上，望着骆剑峰道："准备好了吗？"

"属下已经准备好出生入死！"

洪天罡叹了口气，望向另一边："苏姑娘……我这学生，别的都好，就是有些时候固执得很，这一路上就拜托你照顾他了。"

苏幼真也认真地行礼："请洪大人放心。"

"哦，还有一件事，也只能交给你去证实。"洪天罡拍了拍脑袋，"我在日本时，曾听到一个传闻……有一名飞鹰，在朝鲜作战时为日军俘获，关在京都附近的甲贺忍者大本营。"

"一名被俘的飞鹰……"骆剑峰瞪大了眼道，"是谁？"

"这就是你要去查实的事情了。"洪天罡指了指他，"都记住了吗？你要办的事情还多着呢，别一天到晚把死挂在嘴边，你死了这些事要交给谁去？"

李恩基向两个人点头示意，随即那两个随从便抬起担架，跟在李恩基身后向山路走去。骆剑峰一直站在原地，目送洪天罡一行人消失在山路尽头。

然后他转过身来，对苏幼真道："该我们了。"

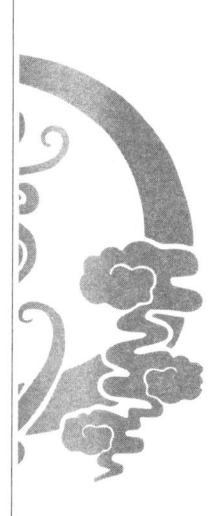

第十四章　一番私语道玄机

骆剑峰也略微收拾了一下心情，又看向易平安，说："另外还有一件事，我要告诉你，你也要做好心理准备。"

天色阴沉，但并非一片黑暗。依稀可以分辨出旁边人的五官。虽然现在四周一片寂静，但易平安知道，现在反而是最凶险的时候。

木筏终究还是没撑下来，大约黄昏时分就四分五裂散了架，三个人反应灵敏，抱住最大的一根木头避免失散。然而几个时辰过去以后，即使是攀住浮木也难以保证他们的安全了！易平安突然想起浮木另一端的星如雨已经半天没说话了，连忙回头去看，却见那丫头根本没看天上，只是望着一个方向发呆，思绪早不知飘向了何方。

"如雨，你在想什么？要不要跟我们一起编故事解解闷？"

"我不知道……"星如雨困惑地摇头，"我只是在奇怪为什么天上会有两颗特别亮的星星，而且特别矮……"

易平安和洪采薇一起向星如雨所说的方向望去，果然看见几乎贴近海平面的地方有两点亮光，但两个人马上便判断出，这根本不是什么星光，而是灯火！"没想到在这里会遇到船只！"易平安激动地握紧了拳头。

不管是大明、朝鲜、日本抑或琉球，也不论是渔船、商船还是战船，只要不是正处于交战状态，水手们遇到海难者都会救援，这是在海上讨生活的规矩，毕竟大海无情，谁也不敢保证自己一辈子出海都平平安安，一旦真出了事，不管是哪儿的船都能救自己一命——在海上救人方面，天下水手都有一条共同遵守的规则。

易平安对那条船会救援自己一行人深信不疑，但现在问题在于，如何才能让那艘船发现自己？"你们……谁还有烟花火箭？"易平安郁闷地问两个同伴。

洪采薇苦笑道："你觉得呢？"

易平安苦恼地抓了抓脸，眼瞅着那两点灯火慢慢变小。再不抓紧时间，这千载难逢的获救机会就要擦肩而过了！

"平安……我还有一个办法。"星如雨有点儿迟疑地说道，"但我不知道是否管用……"

洪采薇和易平安一起看向她："现在能有办法就不错了，死马当活马医，先用试试啦！"

骆剑峰突然睁开了眼睛。他和苏幼真上船之后便轮流操舵驾船，但就在刚才似睡非睡之间，他似乎听到了什么声音。"是错觉吗？"他敲了敲头，巡视四周。

繁星点点，涛声依旧，并没有任何值得怀疑的地方，而刚才迷迷糊糊间听到的那个令人在意的声音，也没有再出现过。船舱里，苏幼真倚靠着船帮睡得正香，显然没被什么异动影响。那么，刚才确实是自己的幻觉？但就在这时候，远处海面上又响起了他刚才以为是幻觉的声音！这一次，真真切切，绝无半点儿虚假！骆剑峰全身的汗毛都立了起来，他不顾一切地奔到船舷边，死死盯着声音传来的方向。绝不会有错，那是鹰唳之声！出征日本之前，他们每人都带上了一只吹响后能发出鹰唳的哨子，本打算于失散后互相联络所用，但它第一次也是最后一次派上用场，却是在福江岛上。同伴们为了给他们争取突围时间，一个接一个地吹响鹰哨，将敌人全数引了开去！骆剑峰一直认为，那场惨烈厮杀，便只有一个人驾着小舟，奇迹般逃了出来……那么现在，是什么人在海上吹响了鹰哨？

"难道真的还有人从福江岛上突围？"他冲入船舱，推醒苏幼真，"我们要临时转向！要救人！"

"救人？"苏幼真睡眼惺忪，海风一吹头脑清醒了些才理解了骆剑峰在说什么，"吹响那只哨子的人会是你幸存的同伴？这怎么可能？我们在济州岛都耽误好几天了，你的同伴是从哪里冒出来的？就算是从福江岛突围，他要返回大明也好，要去济州岛也好，都不会在这条航线上！"

"如果日军在海上能如此精确地拦截我们，根本就不需要这样大费周章！"骆剑峰咬着牙，"苏姑娘，算我求你……如果我不去确认清楚，这辈子我都不会甘心！"

苏幼真看着骆剑峰严肃坚定的脸，叹了口气："突然有了同生共死的兄弟的消息，哪怕知道可能有问题，也要去查探清楚……决不抛弃任何一个战友，是吗？"

"苏姑娘？"

"不，没什么，只是……我父亲也是这样死的。因为听说有被俘的战友关在某处，明知可能是陷阱，他还是去了……再也没回来。"苏幼真苦笑道，"我知道我拦不住你，所以就一起去吧，只是你也记住，我们还有更重要的事情！"

骆剑峰用力点头："多谢！"

易平安又一次用力吹响哨子。那艘船上的人显然已经听到了声响，正在掉转方向朝他们驶来，从灯光来看应该是一艘小船，不过多装几个人还是没有问题的，但……若是一艘日本的船……易平安一边胡思乱想，一边看着对面的船逐渐靠近。很快他们已经离船很近了，只是船上的灯光还照不到海面，那女子看不清易平安等人的情况，回头说了两句什么，接着船上便传来了另一个人的声音："你们是什么人？"

大概是没听到回应，那声音又换作了朝鲜话："你们是什么人？"

他还没说完，易平安已经放声大笑："别废话了，剑峰，快拉我们上去！我们几个都快被泡成咸鱼了！"

骆剑峰几乎是扑到了船头："平安？"

苏幼真连忙取了一盏灯来照向海面，骆剑峰便循着光线看到一根黑乎乎的木头，而易平安正趴在木头上，对他露出熟悉的笑容。这笑容骆剑峰在过去三年里看到过无数次，他不止一次看得怒从心头起，但唯独这一次，他高兴得眼泪都要流下来了！实在是没想到，真的还能有飞鹰同伴幸存……

被拉上船的易平安脱下湿漉漉的衣服，打了个喷嚏。骆剑峰挑起眉毛，很难得地露出了笑容。他扭头望了一眼关上房门的船舱，苏幼真正在里面照顾星如雨和洪采薇换衣服："平安，有一件事要告诉你们……等采薇她们出来再说。"

"你嘴里就没有正经事。"易平安嘀咕一句。

等洪采薇和星如雨换好衣服出了船舱，骆剑峰开口第一句话就差点儿让易平安重新掉到水里去："采薇，你的祖父，洪指挥……他还活着，我在济州岛见到他了！"

"你说什么？"洪采薇惊呼道。

"这位姑娘就是洪大人的孙女吗？"苏幼真轻轻地扶着洪采薇的肩膀，"请放心吧，洪大人现在很安全。"

"这……这到底是怎么回事？"洪采薇还没能反应过来，只是呆呆地发问。

"也不能说是没事,他也受了伤……"骆剑峰尽量拣要紧的事情说了一遍,担心地看着一言不发的洪采薇。

"我不是伤心……"洪采薇终于忍不住捂住了脸,语音里带上了抽泣,"我是高兴……真的,我根本没想到……"

苏幼真上前抚慰:"你也一定是压抑了很久吧……辛苦你了,好好哭一场,之后就可以换上笑容了……"

"洪指挥虽然健在,但眼下还是只能靠我们。"骆剑峰也略微收拾了一下心情,又看向易平安,"另外还有一件事,我要告诉你,你也要做好心理准备。"

易平安抓了抓脸:"别告诉我我祖父也死而复生了!"

"不是你的祖父——是你的父亲易水寒或许没有死。"

易平安一脸震惊地抬起头看向骆剑峰,骆剑峰继续一字一句道:"洪指挥告诉我,上次朝鲜之战里有一名飞鹰被日军俘获,一直被关押在日本至今。这情报来不及证实,但如果属实的话,最有可能就是你父亲,易水寒。"

"等一下,这里面有蹊跷啊!我那老爹死的时候,不是有目击者吗?"易平安诧异道,"那位最赏识你的方从云方大人,不是说他亲眼看到我父亲战死了吗?"

骆剑峰沉默片刻,回答:"这正是我要说的另一件事——这位方大人,很可能就是奸细!"

星如雨瞪大了眼:"骆二哥,你知道你在说什么吗?"

"我当然知道……这个被我们视为前辈,被陛下视为忠臣,现在锦衣卫的二号人物……"骆剑峰咬着牙,慢慢说道,"在朝鲜叛变,身居高位,了解洪大人等人的行动,甚至包括这一次的福江岛行动……"

"这次,我犯下了大错……"骆剑峰低着头说,"我实在没有资格再担任飞鹰,既然平安你还活着,之后就全拜托你了,我会和苏姑娘回朝鲜,准备迎击日本!既然先父是牺牲在朝鲜,那我自然也……"他在那边絮絮叨叨说着,易平安面无表情地站起来,突然就是几拳砸了过去!这几拳没留丝毫情面,狠狠打在骆剑峰脸上:"我们的兄弟全被你害死在岛上了!你跟着他那么久,就没看出一点点问题吗?还是说,只要别人奉承你两句,你就把他当这世界上最亲的人了?"

骆剑峰始终没有还手,任凭易平安一拳拳把他打得头破血流,最后是星如雨、洪采薇和苏幼真一起冲上来才把他拖开。洪采薇不客气地狠狠敲了敲易平安的脑门儿:"飞鹰就只剩下你们两个人了,还要在这里互相埋怨吗?"

易平安剧烈喘息了片刻,才算将情绪平复下来。他盯着骆剑峰,脸上没有丝毫笑意:"听上去不错啊?"

"你不用说了,平安。"骆剑峰擦掉嘴角的血迹,语气无比沉痛,"是我有眼无珠,害死了这么多兄弟……"

易平安气得又要跳起来:"虽然我现在很想把你掐死,但是……第一个不会同意我这么做的,就是他们!刘旭辰、朱亮、梁耀雷、冯柱……还有这些教头!还有……俊麒!可现在你倒好,打算先撂挑子不干了?"

骆剑峰苦笑道:"我还能当飞鹰吗?"

"为什么不能?"易平安道,"真正的浑蛋,还在等着我们去把他揪出来!于公于私,这都是你的责任!"

洪采薇"嗯"了一声:"平安,如果方从云是奸细,于公我们揭发他是说得通,但剑峰那边……'私'是什么?他们有什么私人恩怨?"

"对呀对呀!"星如雨也连连点头,"回想起来,这方从云对骆二哥应该还算照顾吧？我看骆二哥就是舍不下这份人情，才宁可去朝鲜的……对吧？"

"这件事，我也是刚刚听到你的话才想起来的。"易平安说，"剑峰，你的父亲是死在朝鲜对吧？如果方从云真的是那个奸细……你觉得，这两件事之间有没有关系呢？"

所有人脸色都变了。

众所周知，方从云正是因为在朝鲜的战功才得以青云直上，而在他立功的那次任务里……牺牲的正是骆如虎、成国栋和易水寒！如果方从云那时已经叛变，那意味着什么？如果最坏的结果成真，那么骆剑峰就是被自己的杀父仇人耍得团团转而不自知，但这都不要紧，要紧的是他甚至还为此害死一大群同伴！

"平安，你……要不要去日本？"洪采薇低声问道，"如果你的父亲确实还在日本，如果他能证明……"

易平安抓了抓脸："还是算了吧，且不论消息真假，如果真是我爹，他如果得知我丢下任务就跑去找他，一定会狠狠修理我一顿的……"

"就是说，平安……你有办法的吧？"骆剑峰的声音都已经变得嘶哑，现在他只想找一个让自己站住脚的理由，"平安，你一定已经想好了要怎么证实这件事对不对？除了方从云之外，其实还有其他嫌疑人，对不对？"

"确实，方从云只是嫌疑人之一而已，也不排除其他可能，"易平安露出一个讥讽的微笑，"但是，等到了大明，我们总有机会证实的！不管那个奸细是谁——别小看了飞鹰！"

下集预告

易平安他们得知锦衣卫高层有奸细与日本勾结后，决定回到大明，亲手查出这一切背后的主谋。

苦于行踪不便，他们只找到了南京以南一处小县城的知县汤显祖，求他为他们开了几份路引，以便开启去往大明的惊险之旅。这位汤知县是典型的理想主义者，一生只为求个"真"字，他甘愿冒生死之险为易平安他们提供方便，好为大明铲除奸邪。

与此同时，处心积虑的方从云迅速掌握了内厂，拉拢一批爪牙，将自己培植出来的心腹遍布各处，还把最后一点儿不掌握在自己手中的锦衣卫力量也控制住了。

古村茂助作为方从云最得力的助手，大开杀戒，一时有遮天之势。他们还派人向四方张贴榜文，全国海捕关敏。

玄机重重，易平安一行人能否找到有力的证据？

疑窦丛生，方从云究竟是不是灭了锦衣飞鹰其他同伴的真凶？

兵力悬殊，锦衣卫能否最终大获全胜？

书写心中的武侠梦

　　每个人的心中都有一个快意江湖的武侠梦，武侠世界里的行侠仗义让我们向往，朋友间的两肋插刀让我们为之动容。假如你能穿越到过去或未来，你最想成为什么样的大侠？拥有哪些武功技能？你打算用你的武功做些什么事？

小贴士：
　　将本页写完并寄回编辑部的小读者们，小编会从中挑选出优秀答题者，并送出《锦衣少年行》作品一部，赶快来参与吧！

邮寄地址：
　　北京市朝阳区南磨房路37号华腾北塘商务大厦1501室
《意林·少年版》编辑部收　　邮编：100022

本活动最终解释权归《意林·少年版》编辑部所有

你的少年时代需要一场冒险
—— 献给渴望冒险、勇于挑战的男孩女孩

《古墓奇谭》
一部揭开千年死亡谜底的
古墓探险力作

正义少年与死亡行者
之间的**殊死搏斗**

惊险与成长共生、智慧与
勇气并存的**探险之旅**

惊险神秘　科学探索　挑战大脑

《纽约时报》年度**推荐**　美国学者**出版社重点打造**

定价：25.80 元 / 册，出版：湖南少年儿童出版社

印有 3300 年前
古埃及文字的《古
墓探险秘籍》
随书附赠：

湖南少年儿童出版社旗舰店
手机扫描二维码，进店购书